# 천국을 찾다

# 천국을 찾다

발행일      2020년 3월 20일

지은이      양동일
펴낸이      손형국
펴낸곳      (주)북랩
편집인      선일영                                          편집    강대건, 최예은, 최승헌, 김경무, 이예지
디자인      이현수, 한수희, 김민하, 김윤주, 허지혜          제작    박기성, 황동현, 구성우, 장홍석
마케팅      김회란, 박진관, 조하라, 장은별
출판등록    2004. 12. 1(제2012-000051호)
주소        서울특별시 금천구 가산디지털 1로 168, 우림라이온스밸리 B동 B113~114호, C동 B101호
홈페이지    www.book.co.kr
전화번호    (02)2026-5777                                  팩스    (02)2026-5747

ISBN       979-11-6539-142-3 43810  (종이책)             979-11-6539-143-0 45810 (전자책)

이 도서의 국립중앙도서관 출판예정도서목록(CIP)은 서지정보유통지원시스템 홈페이지(http://seoji.nl.go.kr)와
국가자료공동목록시스템(http://www.nl.go.kr/kolisnet)에서 이용하실 수 있습니다.
(CIP제어번호: CIP2020011752)

# 천국을 찾다

**양동일** 지음

북랩 book Lab

아주 먼 옛날, 한 왕국에 개똥이라는 천민이 살았다. 가진 것은 많지 않았으나 항상 밝은 얼굴에는 미소가 떠나질 않았으며, 앞이 보이지 않는 어머니와 행복한 하루하루를 보내고 있었다.

그러던 어느 날, 개똥이는 신비스러운 꿈을 꾸었다. 짙은 안개가 걷히고 한 분이 지그시 개똥이를 바라보고 계셨다. 인간이라고는 여겨지지 않는 고풍스러운 자태, 범접하지 못할 위엄……. 그러나 눈은 슬픔이 가득하셨다. 개똥이는 목소리가 흔들리며 물었다.

"누구, 누구세요?"
"너희들이 흔히 나를 하느님이라고 부르더구나."

"하, 하느님이요?"

개똥이의 눈이 휘둥그레졌다. 개똥이가 재차 물었다.

"하느님, 근데 왜 그렇게 슬퍼하고 계세요?"
"나의 뜻을…… 나의 마음을 인간들이 몰라주는구나."
"무슨 뜻이요?"
"슬프도다, 슬프도다."
"하느님, 무슨 뜻이요?"
"네가 사람들에게 내 뜻을 알려 줄 수 있겠느냐?"
"제가요? 제가 어떻게? 잘 모르는걸요."
"아니다. 너만이 내 진정한 뜻을 사람들에게 알려 줄 수 있다, 내 아들아!"

그러고는 다시 안개 속으로 사라지셨다.

"하느님! 하느님!"

개똥이가 놀라 잠에서 깼다. 놀라운 꿈이었다.

다음 날 개똥이는 마을에 돼지들에게 줄 음식 찌
꺼기를 받으러 가기 위해 소가 끄는 수레를 끌고 나
왔다. 초여름 짙게 깔렸던 안개가 서서히 걷히고 한
껏 자태를 뽐내는 나팔꽃 사이로 바람이 향기를 전
해 주고 있었다. 소가 끄는 수레바퀴의 규칙적인 달
그락거리는 소리가 음악처럼 개똥이의 마음을 수놓
아 주었다. 간밤의 그 신비스러운 꿈 생각을 하니
성에 금방 도착했다.
성 안에 들어서자 길게 놓인 시장 좌판대가 눈에
들어왔다.

"개똥이 왔느냐?"
"네, 아줌마. 안녕하셨어요?"

시장 사람들이 반갑게 맞아 줬다.

"개똥아! 얼굴이 훤하다. 좋은 일이라도 있는 게냐?"

"하하, 아니요. 아저씨 수고하세요."

성의 초입에 있는 시장 사람들과 반갑게 인사를
나누고 소를 몰아 시장을 벗어나려는 찰나, 두 소녀
가 갑자기 개똥이 앞에 나타나서 부탁을 했다.

"저기요, 우리 좀 숨겨 줄 수 없나요?"
"어? 무슨 일 때문에요?"

미처 답을 들을 틈도 없이 두 소녀는 수레에 천막
을 들쳐 몸을 숨겼다. 뒤이어 한 무리의 군사가 말
을 타고 개똥이 앞에 나타났다. 개똥이는 천민이라
고개를 떨구고 허리를 굽혔다. 장수인 듯한 사내가
천둥소리 같은 큰 고함을 질렀다.

"혹시 이 길로 오던 두 소녀를 못 보았느냐?"

장수의 고함에 하마터면 바른대로 대답할 뻔했
다. 개똥이는 정신을 다잡고 머뭇거리며 대답했다.

"저, 저쪽으로 갔습니다."

장수가 다시 천둥처럼 크게 소리를 질렀다.

"서둘러라!"

군마들이 흙먼지를 일으키며 사라졌다. 군사들이
사라지고 두 소녀가 천막을 들치고 나와 옷에 묻은
먼지를 툴툴 털며 말했다.

"휴우, 이제 갔나 봐요. 큰일 날 뻔했어요."
"네, 다행이에요."

개똥이가 호기심 어린 눈빛으로 두 소녀를 바라
봤다.

"무슨 죄를 저지르셨기에 그러십니까?"

분홍빛 볼이 꽃처럼 아름다운 소녀가 대답했다.

"별일 아니에요. 사정이 좀 있어요."

그제야 소녀의 얼굴을 자세히 본 개똥이의 얼굴이 붉어졌다. 정말 아름다운 소녀였다. 개똥이의 가슴이 요동치기 시작했다. 살면서 이리 아름다운 여인을 본 적은 없었다. 목덜미까지 벌겋게 달아오른 개똥이를 소녀는 꽃처럼 아름다운 미소를 지으며 쳐다봤다.

"제 얼굴에 뭐라도 묻었어요?"
"아닙니다요, 아닙니다요."

개똥이가 정색을 하며 손사래를 쳤다. 옆에서 지켜보던 다른 소녀가 개똥이에게 감사의 말을 했다.

"고마워요. 덕분에 위기를 넘겼어요."
"아닙니다요. 저, 저는 그냥……."

꽃처럼 아름다운 소녀가 방긋 웃으며 말을 받았다.

"이 고마움을 어떻게 갚아야 할지 모르겠어요."

"아닙니다요. 괜찮습니다요. 저, 근데 옷차림이 귀족 집 아씨 같은데 말씀 낮추십시오. 저는 돼지를 키우고 있는 천민입니다요."

"아, 그래요? 나이는 어떻게 돼요?"

"올해 18살입니다요."

"어머 그래요? 저희도 18살인데, 호호."


옆에서 지켜보던 소녀가 허리를 조아리며 말했다.


"아씨, 천민인데 말 편히 하세요."

"인간은 모두 평등한데 귀족, 천민이 어딨어요. 인간은 모두 귀한 존재예요."

"아씨도 참. 아씨 같으신 분도 없을 거예요. 노비인 저한테도 말씀을 낮추지 않으시니……."


그러고는 개똥이에게 물었다.


"이름은 어떻게 되세요?"

"전 개똥이라고 합니다."

"그래요. 저는 복희라고 하고 이분은 리나 아씨예
요. 근데 이 수레는 뭐예요?"

복희가 손으로 소가 끄는 수레를 가리키며 물었다.

"네, 집에서 돼지를 키우는데 돼지들에게 먹일 음
식 찌꺼기를 집집마다 돌아다니면서 받고 있습니다.
어차피 버려지는 것들로 돼지를 키울 수 있어서 좋
아요."

"그렇군요."

복희가 잠시 고개를 끄덕이더니 아씨께 말을 올
렸다.

"리나 아씨! 이제 그만 자리를 옮기시지요."

"그럴까요?"

개똥이는 마음이 좋지 않았다. 이대로 헤어지면

다시는 못 볼 것 같았다. 신은 어찌 저리 예쁜 여인을 세상에 보내 마음을 심란하게 만들까? 체념하고 개똥이는 소고삐를 잡고 자신이 갈 길로 향했다. 그때, 뒤에서 복희가 개똥이를 불렀다.

"저기요!"

개똥이 얼굴이 환하게 밝아졌다.

"네?"
"저기 아씨하고 저하고 오늘 잘 데가 없는데 하룻밤만 재워 주면 안 될까요?"
"저희 집에서요?"
"네."
"저희 집은 많이 누추한데 괜찮겠어요?"
"호호, 비만 피할 수 있으면 되지요. 혹시 비가 줄줄 새는 집이에요?"
"아니요. 그 정도는 아니고……. 아씨 괜찮겠습니까요? 많이 누추한 집인데?"

"네, 전 괜찮아요."

"그럼 절 따라오십시오. 돼지들에게 먹일 음식 찌꺼기를 수거하고 저희 집으로 모실게요."

개똥이의 발걸음이 날아갈 듯하다. 단칼에 무 썰듯 일을 마치고 리나 아씨와 복희를 집으로 데려왔다.

"어머니, 저 왔어요."

어머니는 반갑게 개똥이를 맞았다.

"내 아들 왔구나. 고생했다."

그런데 개똥이 어머니는 앞이 안 보이시는 것 같았다.

"네, 어머니. 저, 손님들이 왔어요."
"손님들? 이 누추한 곳에 웬 손님이?"

리나 아씨가 반갑게 인사하며 미소를 지어 보였다.


"어머님 안녕하세요. 처음 뵙겠습니다. 리나라고
해요."


복희도 환한 얼굴로 인사를 했다.


"어머님, 안녕하세요. 복희라고 해요."


어머니가 박수를 치며 반가워했다.


"아휴, 목소리들이 곱기도 하다. 개똥이가 손님을
데려온 적이 없었는데……."


개똥이가 부연 설명을 했다.


"어머니, 리나 아씨는 귀족이세요."
"아휴, 지체 높으신 귀족 아씨께서 이런 누추한 곳
에 다 찾아 주시고……."

리나 아씨가 미안해하며 쭈뼛거렸다.


"이렇게 불쑥 찾아와서 죄송해요. 오늘 하룻밤만
신세를 질까 해서요."
"괜찮습니다. 편히들 있다 가세요."


개똥이가 저녁 준비를 했다.


"조금만 기다리세요. 저녁 준비를 할게요. 찬은
없지만 정성껏 준비할게요."


한 상 가득 음식이 차려졌다. 모두들 자리에 앉아
식사를 했다. 개똥이가 앞이 안 보이는 어머니의 입
에 수시로 밥과 찬을 넣어 주었다. 리나 아씨와 복
희가 측은한 마음으로 바라봤다. 리나 아씨가 개똥
이에게 물었다.


"어머님, 제가 떠먹여 드릴까요? 어머님 떠먹여 드
리느라 개똥 씨가 전혀 못 드시네."

"아닙니다요. 어머니가 제 손길에 익숙해져 있어서 제가 떠먹여 드리는 게 나아요."

"그래요."


리나 아씨와 복희의 마음이 편치 않았다.

셋은 식사를 마치고 집 뒤에 있는 작은 언덕에 올랐다. 집집마다 아궁이에 짚불을 때고 나무를 때느라 매캐하고 구수한 연기가 피어올라 코를 간지럽혔다. 저녁노을이 그림처럼 하늘을 수놓았고 하늘이라는 화폭에 새들이 날아다녔다. 평화로운 풍경이었다. 침묵에 어색함이 흐를 때 개똥이가 멋쩍은 듯리나 아씨에게 수줍게 물었다.


"아씨! 아씨께서는 무슨 연유로 집을 나오셨습니까요?"

"저요? 사실은 제가 몸이 많이 아파요. 그래서 아버님께서 빨리 혼례를 시키려고 하시는데, 혼례를 시키려고 하는 박지원 도령은 성격이 포악하고 소문이 안 좋은 남자였어요. 그래서 싫다고 했는데 아버님께서는 그 사실을 모르고 명문가의 자제이고 괜찮은 남자라며 제게 계속 혼례를 치르라는 거예요. 그래서 아버님 뜻을 굽히지 못하고 복희랑 무작정 나오게 된 거죠."

"아, 그러시군요. 저라도 그런 남자에겐 시집을 안 가겠어요."

"그래요. 호호."


복희가 개똥이에게 물었다.


"개똥 씨는 부자더군요. 저렇게 돼지들도 많고……."

"네, 처음엔 두 마리를 가지고 시작했는데 지금은 남 부러울 게 없어요. 하지만 중간에 힘든 고비도 있었어요."

"부럽네요."

"헤헤, 내일은 돼지를 잡아서 맛있는 저녁 해 줄까요?"

복희가 리나 아씨 눈치를 봤다.

"저, 근데 우리 내일은 나가야죠. 이렇게 계속 신세지는 것도 좀 그렇고……."

개똥이가 황급히 말을 받았다.

"딱히 갈 데가 없으면 저희 집에 더 있다 가셔도 돼요."

리나 아씨가 딱 잘라 말했다.

"아니에요. 이렇게 신세 진 것도 미안한데 내일은 가야죠."

그 말에 개똥이가 고개를 푹 숙이고 나뭇가지로 땅을 긁적였다. 리나 아씨는 복희에게 근심 어린 표정으로 물었다.

"복희 씨!"

"네, 아씨."

"어떻게 하면 아버님 뜻을 굽힐 수가 있을까요?"

"아씨, 박지원 도령하고는 정말 싫으시죠?"

"차라리 죽으라면 죽었지 그런 사람하고 혼례라니, 정말 싫어요."

하늘을 우러르며 곰곰이 생각하던 복희가 무릎을 탁 치며 말했다.

"아씨, 방법이 있긴 있어요."

"그래요? 무슨 방법인데요?"

"아씨께서 먼저 다른 사람하고 혼례를 올려 버리는 겁니다."

"다른 사람하고 혼례를요?"

"네, 그러면 아버님도 어쩔 수 없으실 거예요."

"음……."

곰곰이 생각하던 리나 아씨가 싱긋 웃으며 쾌재

를 불렀다.

"그래요. 그런 방법이 있었군요! 근데……."
"네, 아씨?"
"누구랑 혼례를 올리지요?"

리나 아씨와 복희가 서로를 멍하니 쳐다보았다.

"그, 그거야 이제 찾아봐야지요."
"그래요."

한동안 침묵이 흐른 후, 개똥이가 리나 아씨에게 넌지시 물었다.

"아씨."
"네."
"아씨는 제가 천민인데도 하대를 안 하시고 말을 올려 주시네요."
"저는 사람은 태어나면서부터 고귀하다고 생각해

요. 비록 저마다 신분을 가지고 태어나지만 원래는 누구나 다 평등하죠. 신분의 차이가 없는 평등한 나라가 있었으면 하는 게 제 작은 바람이에요."

"아, 정말 훌륭하신 생각이에요. 정말 그런 나라가 만들어진다면 멋질 것 같아요."

"그렇죠?"

"리나 아씨는 다른 귀족분들하고 많이 다르세요."

"칭찬이죠?"

"네."

"호호."

"리나 아씨!"

"네?"

"내일 정말 가실 건가요?"

"가야죠. 오늘 이렇게 신세 진 것도 미안한데……."

개똥이의 얼굴빛이 변했다. 시무룩해진 개똥이에게 복희가 웃으며 말했다.

"개똥 씨 오늘 고마웠어요. 이 은혜는 잊지 않을게요."

"그래요."

개똥이가 다시 나뭇가지로 땅을 긁적였다. 별똥별
이 하늘을 훑고 지나갔다. 복희가 소리를 질렀다.

"와! 별똥별이다. 리나 아씨 빨리 소원 비세요."
"네, 그래요."
"개똥 씨도 소원 빌어요."
"네."

밤하늘의 별빛이 내려와 셋을 포근하게 감싸 주
었다.

다음 날 아침부터 개똥이의 얼굴빛이 안 좋았다.
소를 몰고 나가는 개똥이를 리나 아씨와 복희가 마
중 나갔다.

"개똥 씨 잘 갔다 와요. 아마도 올 때쯤이면 우린
없을 거예요. 잘 지내세요."

개똥이가 소고삐를 획 낚아채며 괜한 화풀이를
했다.

"그래요. 잘 지내세요. 리나 아씨도 잘 지내세요."
"네."

개똥이가 소를 몰고 성으로 향했다. 가면서 내내
가슴 한편이 아련했다. 괜히 부아가 치밀어 올라 돌
멩이 하나를 집어 들어 획 던졌다. 소는 개똥이 마
음을 아는지 모르는지 어서 가자며 음매 하고 계속
울어 댔다. 개똥이는 다가올 현실에 적응을 해야만
했다. 개똥이는 마음을 다잡고 다시 소고삐를 잡았
다. 성에 도착해서 사람들과 인사를 나누고 이 집
저 집 돼지들에게 먹일 찌꺼기를 얻어다 수레에 실
었다. 오늘은 왠지 늦게까지 일하고 싶지가 않았다.
　개똥이의 의지와는 다르게 발걸음은 이미 집으로
향하고 있었다. 뛰다시피 집으로 들어서자마자 손
님방에 있는 신발부터 봤다. 신발이 눈에 들어왔다.
리나 아씨와 복희 신발이었다. 입가에 웃음이 번졌

다. 개똥이가 문을 벌컥 열었다. 그러고는 복희를 불렀다.

"복희 씨!"

복희가 깜짝 놀라며 말했다.

"개똥 씨!"

개똥이의 눈에 이마에 수건을 대고 누워 있는 리나 아씨가 들어왔다.

"리나 아씨!"

힘들어 하며 리나 아씨가 천천히 일어났다.

"오셨어요?"
"어떻게 된 일이에요?"

복희가 답을 했다.

"아씨가 몸이 안 좋으세요. 원래 가끔 이러서요."

개똥이가 울먹이며 물었다.

"아씨! 괜찮으셔요?"
"괜찮아요. 가끔 이렇게 쓰러져요. 이만 일어나야
겠네요."
"아씨, 더 누워 계세요."
"아니에요. 기운 차리고 바깥바람 좀 쐬고 싶어요."

복희가 아씨를 부축해 밖으로 나왔다.

"하, 바람이 좋네요. 꽃 향기도 좋고……."
"아씨, 더 누워 계셔도 되는데……."
"아니에요. 괜찮아요. 바람 쐬니까 한결 좋아요.
어머! 저기 개구리 좀 봐요."

개구리 한 마리가 폴짝폴짝 마당을 뛰어다녔다. 리나 아씨와 복희는 개구리를 보고 있었지만 개똥이의 시선은 리나 아씨에게 박혀 있었다.

"리나 아씨! 개구리 잡아 드릴까요? 만져 보실래요?"
"네. 만져 보고 싶어요."

개똥이가 개구리를 잡아 리나 아씨 손 위에 놔 주었다. 리나 아씨는 신기한 듯 손가락으로 개구리 등을 쓰다듬었다. 그러자 개구리가 폴짝 뛰어 탈출해 버렸다. 개똥이가 아씨에게 물었다.

"아씨, 다시 잡아 드릴까요?"
"아니에요. 만져 봤으니 그만 됐어요. 고마워요. 좀 걷고 싶어요."

리나 아씨와 복희는 천천히 집 주변을 돌았다. 개똥이가 걱정스러운 눈빛으로 둘의 그림자를 쫓았

다. 리나 아씨가 정신이 좀 돌아오는지 발걸음이 한
결 나아졌다. 뒤에서 복희가 웃으며 이야기했다.

"아씨! 발걸음이 한결 좋아지셨어요. 기분은 좀 어
떠서요?"
"좋아요. 이제 좀 정신이 돌아오는 것 같아요."

개똥이가 덩달아 기분이 좋아졌다. 리나 아씨가
길가에 핀 꽃을 바라보며 신기한 듯 개똥이게게 물
었다.

"개똥 씨, 꽃 향기가 참 좋네요. 이 꽃은 무슨 꽃
이에요?"
"네, 치자 꽃이에요."
"이 꽃은요?"
"찔레꽃이에요."
"이 꽃은요?"
"능소화라고 합니다."
"이런 예쁜 꽃들은 오래 못 살죠? 예쁜 꽃들은 누

군가 질투해서 오래 못 사나 봐요."

"글쎄요……. 아씨! 이제 방에 들어가 좀 쉬세요.
너무 무리하지 마시고요."

리나 아씨는 이제 전처럼 걸음걸이가 좋아졌다.

"괜찮아요. 볕이 참 좋은걸요. 조금 더 걷고 싶어요."

셋은 그렇게 한참 개똥이 집 주변을 돌았다. 그렇
게 집 주변을 돌고 있을 때, 순제 엄마가 가쁜 숨을
몰아쉬며 개똥이를 찾았다.

"개똥아! 개똥아!"

"순제 어머님, 왜 그러세요?"

"개똥아 큰일 났다. 아랫마을 사는 칠석 엄마 있
잖냐?"

"네."

"아 글쎄, 칠석 엄마가 빨래터에서 빨래하다 쓰러
졌지 뭐냐."

"예? 그래요? 의원은 부르셨어요?"

"아니, 너도 알다시피 찢어지게 가난한 집안 아니냐. 입에 풀칠도 못하는 집인데 어떻게 의원을 부른다니."

"그럼 순제 어머님, 일단 의원부터 부르시고 제가 칠석 어머님께 가 볼게요."

"그래, 알았다."

개똥이와 리나 아씨, 복희가 아랫마을에 사는 칠석 엄마 집에 도착했다. 한눈에 봐도 찢어지게 가난한 집 모양새였다.

"칠석 어머님!"

개똥이가 방문을 열자 누더기 옷에 상거지 마냥 얼굴에 덕지덕지 땟자국이 선명한 4명의 올망졸망한 아이들이 보였다. 아이들은 칠석 엄마 곁에 빙 둘러 앉아 울고 있었다.

"칠석아!"

개똥이가 부르자 눈물이 줄줄 흘러 얼굴이 땟자국 범벅이 된 칠석이가 개똥이를 애타게 불렀다.

"개똥이 형!"
"어떻게 된 일이냐?"
"어머님이 빨래터에서 갑자기 쓰러지셨어요."
"평상시에 무슨 이상은 없으셨어?"
"가끔 어지럽다고는 하셨는데 돈이 없어서 진료를 받아 볼 순 없었어요."
"에휴, 어디 좀 보자."

개똥이가 칠석 어머니 곁으로 갔다. 안색이 누가 봐도 병자 그 자체였다. 백지장 같이 하얀 피부가 말해 주고 있었다. 개똥이와 칠석이가 이런저런 이야기를 나누는 사이 의원이 도착했다.

"에헴."

"의원님, 어서 오세요."

"어디 보자."

의원이 칠석 어머니의 손목을 잡더니 진맥을 시작했다. 그러더니 이내 혀를 찼다.

"쯧쯧."

개똥이가 애가 타 물었다.

"의원님 어떤가요? 무슨 병인가요?"

"풍이로구먼."

"풍이요?"

개똥이와 칠석이가 화들짝 놀랐다. 의원이 덧붙여 말을 했다.

"치료하려면 치료비가 만만치 않겠는걸."

개똥이와 칠석이가 아무리 병에는 문외한이어도 풍에 걸리면 치료비가 많이 든다는 것은 알고 있었다. 칠석이가 주눅이 들어 이야기했다.

"돈이 많이 드나요?"
"많이 들지."

낭패감에 칠석이의 눈에는 금세 눈물이 그렁그렁했다. 옆에서 지켜보고 있던 개똥이가 의원에게 말했다.

"의원님. 일단 치료해 주세요. 비용은 제가 마련해 볼게요."

뒤에서 복희가 놀라 물었다.

"개똥 씨, 그 많은 치료비를 어떻게 마련하려고 그래요?"
"돼지를 팔아야지요, 뭐……."

"돼지를요? 힘들게 키운 돼지들이잖아요."

"돈이야 있다가도 없는 것, 우선 사람을 살리고 봐야죠. 그깟 돈이야 다시 벌면 되죠."

뒤에서 리나 아씨가 흐뭇한 미소를 지어보였다.

"의원님, 치료비는 제가 댈 테니까 치료해 주세요."

"어허, 어찌 저리 착할꼬. 그래 내가 최선을 다해 치료해 보마."

의원이 감복한 모양이었다. 칠석은 고맙다며 닭똥 같은 눈물을 흘리며 머리를 방바닥에 처박고 일어나질 못했다.

세 사람이 집으로 돌아오는 길, 리나 아씨가 뒤에서 다가오더니 개똥이의 손을 슬며시 잡았다. 개똥이가 화들짝 놀라 소리쳤다.

"아씨! 어찌 저 같은 미천한 것의 손을……."

"괜찮아요. 어려운 결정하셨어요. 후회하지 않아요?"

"후회하지 않습니다."

"그래도 꽤 큰 돈일 텐데……."

"저는 이 세상에 사람 목숨보다 중요한 것은 없다고 생각합니다. 다들 죽으면 돈이든 뭐든 간에 가져가지 못하잖아요. 이 세상 모든 것은 잠시 빌려 쓰다 가는 것, 돼지들은 다시 늘리면 돼요."

리나 아씨가 수줍게 잡았던 개똥이의 손을 꽉 힘주어 잡았다. 개똥이의 가슴이 방망이질하는 것처럼 뛰었다. 얼굴은 붉게 물들고 몸이 붕 뜬 마냥 기분이 묘했다. 그때 리나 아씨의 몸이 휘청거렸다.

"아…… 어지러워."

쓰러지는 리나 아씨의 몸을 개똥이가 간신히 잡았다.

"아씨! 아씨!"

뒤에서 따라오던 복희도 화들짝 놀랐다.

"아씨!"

리나 아씨가 낮게 신음을 뱉었다.

"으응……."

개똥이가 복희에게 소리쳤다.

"빨리 저에게 업히세요."

정신없이 뛰었다. 리나 아씨를 집으로 눕혀놓고
다시 의원을 불렀다. 맥을 짚은 의원이 계속 고개를
갸웃거렸다.

"어허, 참."

애가 타는 개똥이가 의원의 입술만 바라본다.

"의원님 무슨 병입니까? 고칠 수 있는 병인가요?"
"어허 참, 그 맥이 잡히질 않네. 내 의원 생활 중
이런 환자는 처음이야. 살아 있는 사람의 맥이 아
니야."
"네? 그게 무슨 말입니까? 살아 있는 사람의 맥이
아니라니요?"
"산송장이나 다름없어. 어허, 어떻게 이런 몸으로
살아 왔는지 그게 신기할 따름이야."
"의원님, 그럼 고칠 방법은 없는 겁니까?"

의원이 고개를 저었다.

"살릴 수 있는 방도가 없네. 천하의 명의가 와도
못 고칠 것이네."

그러고는 가지고 온 의료 기구들을 챙겨서 나가
버렸다. 개똥이는 가슴이 미어지는 것 같았다. 금세

눈에 눈물이 그렁그렁 맺혔다. 복희가 개똥이의 어깨를 가볍게 두드려 줬다.

"너무 슬퍼하지 말아요. 할 수 있는 건 다 해 봤잖아요."
"아니요. 제가 리나 아씨를 꼭 살릴 거예요. 무슨 수를 써서라도 내 전부를 다 걸고 꼭 고칠 거예요."

개똥이가 리나 아씨의 이마에 손을 대 봤다. 열이 상당했다. 개똥이가 다급하게 복희를 불렀다.

"복희 씨, 수건하고 물 좀 가져와요."
"알겠어요."

복희가 부리나케 수건과 물을 가져왔다. 개똥이가 수건을 물에 적시고 리나 아씨의 이마에 대고 또 적셔서 대기를 수십 번 반복했다. 그러나 리나 아씨는 깨어나질 못했다. 뒤에서 복희가 짠한 듯 개똥이를 불렀다.

"개똥 씨, 좀 쉬어요. 제가 할게요."

"아니에요. 제가 할게요. 복희 씨는 좀 자요."

"이 상황에 제가 잠이 오겠어요? 제가 할게요. 좀 쉬어요."

"아니에요. 제가 할게요. 아씨는 내가 꼭 살릴 거예요."

개똥이는 다시 수건을 물에 적셔 리나 아씨의 이마에 댔다. 지치지도 않는 모양이었다.

다음 날, 햇살이 방 안을 밝혀 주기 시작했다. 복희가 졸았는지 화들짝 놀라서 깨며 개똥이를 불렀다.

"개똥 씨! 한숨도 못 잔 거예요?"

계속 같은 행동을 반복하던 개똥이가 대답 대신 고개만 끄덕였다. 복희가 걱정스러운 눈빛으로 개똥이와 리나 아씨를 번갈아 봤다. 복희가 나직이 아씨를 불러 봤다.

"아씨, 아씨."

그러나 여전히 대답이 없었다. 복희는 개똥이가 안쓰러워 이야기했다.

"개똥 씨. 좀 쉬어요. 제가 해 볼게요."

그러자 개똥이가 결심한 듯, 입술을 질끈 깨물며 이야기했다.

"리나 아씨를 이렇게 놔둘 순 없어요. 약 한 번도 못 써 보고 이렇게 앉아 있을 순 없어요. 산에 가서 산삼이라도 구해 와야겠어요."
"산삼을요?"
"네."
"산삼은 구하기 힘든 약초인데요?"
"그래도 이렇게 마냥 넋 놓고 있을 순 없잖아요."
"그래요. 그렇게 해서라도 마음이 편할 수 있다면 그렇게 해요."

개똥이는 바로 산으로 향했다. 약초꾼인 순제 아버지를 따라다니며 간간이 약초를 캐 봐서 약초는 웬만큼 알았다. 예전에 순제 아버지와 같이 약초를 캐다 산삼 밭을 발견한 적이 있었다. 기억을 더듬어 그곳에 가 볼 요량이었다. 오직 리나 아씨를 살려야 한다는 일념으로 발길을 재촉했다.

큰 산에 들어가기 위해서는 작은 개울가에 놓인 외나무다리를 건너야 했다. 개똥이가 외나무다리를 중간쯤 건널 무렵, 저쪽에서 웬 노인 한 명이 외나무다리로 들어섰다. 외나무다리에 개똥이가 먼저 들어선 만큼 노인은 개똥이에게 양보하고 들어서지 말았어야 했다. 그러나 노인은 아랑곳하지 않고 성큼성큼 외나무다리에 들어섰다. 설마설마하며 다리를 건너던 개똥이는 중간에 서서 멈추고 말았다. 노인이 이윽고 다가와 중간에서 개똥이와 맞딱뜨리고 말았다. 개똥이가 어이가 없어 푸념을 했다.


"어르신, 이 다리는 제가 먼저 건넜는데 양보하시고 나중에 건너셨어야죠?"

"어허, 그런 게 어딨어. 내가 나이가 더 많으니 네가 양보해야지. 네가 나보다 힘이 세 보이는데, 그럼 나를 힘으로 개울가에 빠뜨리고 건널래?"

"어르신, 힘이 세다고 어르신을 밀어내고 건너면 안 되죠. 그러면 제가 마음이 불편할 거예요."

"그럼 네가 양보할래?"

"제가 양보하겠습니다."


그러고는 다시 처음 자리로 돌아가 길을 비켜 주었다. 노인이 다리를 건너더니 흐뭇한 표정으로 이야기했다.


"어허, 참 착한 놈이로구나. 힘으로 밀어내고 건널 수도 있었으련만. 후회는 않느냐? 보기에 급한 일이라도 있는 모양새더만……."

"후회하지 않습니다. 저보다 힘이 약하다고 해서 그러지는 않겠습니다."

"생각이 바른 아이로구나. 그래, 네 이름이 무엇이더냐?"

"개똥이라고 합니다."

"그래, 내가 널 기억하마."

그러고는 성큼성큼 제 갈 길로 가 버렸다. 개똥이
는 다시 다리를 건너 산을 오르기 시작했다. 순제
아버지에겐 미안하지만 리나 아씨를 살리고 봐야
했다. 기억을 더듬어 산삼이 있던 자리를 찾기 시작
했다. 나뭇가지에 살이 쓸렸고 팔이며 얼굴에 생채
기가 생겨 아려 왔다. 그렇게 넘어지고 다시 기어오
르기를 한참, 드디어 산삼 밭을 발견했다. 개똥이가
괴성을 질렀다.

"심 봤다! 심 봤다!"

어떻게 산을 뛰어 내려왔는지 기억이 안 날 정도
로 달렸다. 산삼을 달인 물을 숟가락으로 조금씩
떠서 리나 아씨에게 먹였다. 그렇게 3일 밤낮을 간
호하던 어느 날, 리나 아씨가 신음을 뱉으며 깨어
났다.

"으응."

복희가 아씨를 크게 불렀다.

"아씨! 아씨!"

개똥이도 아씨를 불렀다.

"아씨! 아씨!"
"으응."

리나 아씨가 연신 신음을 뱉으며 눈을 떴다.

"아씨!"

복희의 눈가에 눈물이 그렁그렁했다.

"어떻게 된 일이에요?"

리나 아씨가 꿈을 꾼 듯 물었다.


"아씨, 아씨께서 쓰러지셔서 정신을 못 차리셨어
요. 며칠 밤낮을 정신을 못 차리는 것을 여기 개똥
씨가 산삼을 캐 와서 아씨를 살렸어요."
"아! 그래요."


아씨가 한동안 개똥이의 눈을 그윽히 바라봤다.
그리고 개똥이의 손을 힘겹게 잡았다.


"고마워요. 저를 살리셨군요."
"아씨, 저 같은 천민에게 이러시면……."


개똥이가 놀라 황급히 손을 뺐다. 개똥이의 손을
리나 아씨가 다시 잡았다.


"꿈을 꿨어요. 꽃이 만발해 아름다운 언덕에서 개
똥 씨와 손을 잡고 뛰는 꿈을 꾸었어요."

리나 아씨가 황홀한 표정으로 이야기했다. 개똥이는 부끄러워 어쩔 줄을 몰랐다. 복희가 옆에서 끼어들었다.

"아씨, 이러시면 안 돼요."

복희가 아씨와 개똥이의 손을 떼어 놓았다.

다행히 리나 아씨가 정신을 차려 다음 날은 같이 식사를 할 수 있을 정도가 되었다. 도란도란 이야기하며 저녁을 먹는 와중에 개똥이 어머니가 말을 꺼냈다.

"개똥아."
"네, 어머니."
"너도 이제 혼례를 치를 나이인데, 아랫마을 사는 미정이 엄마한테 중매가 들어왔구나. 너도 알지, 미정이?"
"네."

"그 애가 부지런하고 싹싹해서 흠잡을 데가 없다고 소문이 났잖니. 이 참에 너하고 짝을 맺어 주고 싶구나."

"어머니, 저는……."

"왜?"

"아니에요."

개똥이가 고개를 푹 숙였다. 그때 리나 아씨가 먹던 숟가락을 바닥에 떨어뜨렸다. 복희가 급히 주워서 씻어서 리나 아씨 손에 쥐어 주었다.

"내가 미정이 엄마한테는 그러겠다고 답을 줬으니 날짜는 내가 정해서 알려주마."

"네, 어머니."

풀이 죽은 개똥이는 입맛이 없었다. 음식을 깨작거리며 먹는 둥 마는 둥 식사를 마쳤다.

저녁에 리나 아씨가 개똥이를 보자고 해 셋이 언

덕에 올랐다. 밤하늘에 별빛이 아름다웠다. 리나 아
씨가 먼저 말을 꺼냈다.


"복희 씨!"

"네, 아씨."

"전에 여기 언덕에 올라 그런 말을 한 적이 있죠?"

"어떤 말을……."

"아버님이 강제로 결혼 시키려는 사람과 혼례를
치르지 않는 방법은 다른 사람과 결혼하는 거라
고……."

"네, 그랬죠."

"저 이제 그런 사람이 생겼어요."

"네? 그, 그게 누구죠?"


한참 뜸을 들이던 리나 아씨가 대답했다.


"저, 개똥 씨하고 혼례를 치룰래요."

"네?"

"네?"

복희와 개똥이가 놀라 자빠졌다. 복희의 놀람은 경악 그 자체였고 개똥이의 놀람은 기쁨이 교차한 것이었다. 웃는 듯, 놀란 듯한 얼굴의 개똥이가 물었다.

"아씨, 저는 천민이에요. 어찌 천민이 귀족과 혼례를 올립니까?"

"저는 사람에게 귀천이 없다고 봐요."

"그래도 그렇지, 어찌……."

"개똥 씨를 지아비로 섬기렵니다. 개똥 씨의 마음 씀씀이 하나하나가 좋아요. 그리고 저를 살리셨잖아요."

"핫……."

개똥이 입이 함지박만하게 벌어졌다. 리나 아씨가 다시 말했다.

"혼례 날짜는 가급적 빨리 잡았으면 해요. 제가 많이 아파서……."

리나 아씨는 자신이 오래 못 살 것을 감지했는지
도 몰랐다. 개똥이가 싱글벙글 대답했다.


"네, 아씨. 빠른 시일 안에 날짜를 잡겠습니다."


개똥이는 그 길로 어머니께 달려갔다.


"어머니, 어머니."

"개똥아, 무슨 일이냐? 큰일이라도 난 게냐?"

"어머니, 저 혼례를 올리고 싶은 사람이 생겼어
요."

"뭐라구? 미정이 말고 말이냐?"

"네."

"누구…… 하고?"

"저 리나 아씨하고 혼례를 올리고 싶어요."

"뭐라고?"


어머니는 놀라 뒤로 자빠질 뻔했다.

"개똥아, 이놈아! 네가 제정신이냐? 리나 아씨는 귀족이야. 어찌 천민이 귀족하고 혼례를 올린다니? 큰일 나려고 그러는 게냐?"

"하지만 전 리나 아씨와 혼례를 올리지 못하면 살아도 사는 게 아니에요."

"리나 아씨도 그 사실을 아느냐?"

"네, 아씨가 먼저 이야기하셨습니다."

"어이구야, 도대체가 믿을 수가 없구나. 리나 아씨에게 직접 물어보고 싶구나."

"네, 어머니."


개똥이가 리나 아씨와 복희를 데리고 들어갔다.


"어머님, 개똥 씨 말이 사실이에요. 저 개똥 씨와 혼례를 치르고 싶어요."

"아씨…… 아이구 머리야. 아씨, 그럴 순 없습니다. 귀족과 천민이 혼례라니요. 그 뒷감당을 어찌하려고 그러십니까."

"전 진실한 마음이에요. 개똥 씨 같은 분과 함께

라면 죽어도 좋아요."

"아이구, 아이구, 머리야! 절대, 절대 안 됩니다. 이
혼례는 절대 안 됩니다."

개똥이는 애가 탔다.

"어머니, 제발 허락해 주세요."

리나 아씨도 간절히 부탁했다.

"어머님, 허락해 주십시오."
"안 됩니다. 절대 안 됩니다. 우리 개똥이가 잘못
되면 어떡해요. 절대 안 됩니다."

개똥이가 울부짖었다.

"어머니!"

어머니의 반대가 너무 극심해 어쩔 도리가 없었

다. 다음 날부터 개똥이는 일도 안 하고 밥도 안 먹고 방에 드러누워 버렸다. 어머니가 밥을 먹으라고 해도 방 안에 누워 식음을 전폐한 채 끙끙 앓았다. 그렇게 이틀이 지나자 어머니가 개똥이와 리나 아씨를 불렀다.

"개똥아!"

"네, 어머니."

"정말 리나 아씨가 없으면 못 살겠느냐?"

"네."

"리나 아씨?"

"네, 어머님."

"진정 우리 개똥이와 부부의 연을 맺으시렵니까?"

"네, 어머님."

"부탁 하나만 하겠습니다."

"네."

"우리 개똥이는 일찍부터 고생만 한 아이입니다. 우리 개똥이를 끝까지 지켜 주십시오."

"네, 어머님. 그렇게 하겠습니다."

"둘의 혼례를 허락하겠습니다. 잔치는 최대한 성대하게 치르고 싶습니다."

"감사합니다. 어머님."

리나 아씨와 개똥이는 서로를 부둥켜안고 한참을 울었다.

화창한 오후, 개똥이네 집에 떠들썩하게 사람들이 모였다.

"세상에 개똥이 새 신부가 귀족이라지?"

"그렇다네, 글쎄."

"이게 무슨 일이야? 천민하고 귀족이 혼례를 치른 다니?"

"어허, 참."

동네 사람들의 걱정 반 축하 반 관심 속에 혼례가 치러졌다. 개똥이가 이날을 위해 기꺼이 돼지를 잡아 그야말로 시끌벅적한 잔치가 되었다. 온 동네 사람들이 다 모인 가운데 순서에 따라 혼례가 착착 진행되었다. 드디어 혼례 선언 순간…….

"이리하여 개똥이와 홍리나는 부부가 되었음을 선언합니다."

천둥소리와 같은 외침이 들려왔다.

"네 이놈, 당장 멈추거라."

사람들이 깜짝 놀라 눈이 휘둥그레졌다. 군마들이 개똥이를 포위했다. 장수인 듯한 사내가 내려 개똥이의 목에 장검을 갖다 댔다.

"네 이놈, 네 놈이 감히 공주님과 혼례를 올려? 천하디 천한 네 놈이?"

개똥이는 머릿속이 하얘졌다. 도대체 이게 무슨 말이람? 공주님이라니? 리나 아씨가 공주님? 리나 아씨가 다급히 장수의 칼을 막아섰다.

"황 장군, 이러지 마세요. 제 낭군님이에요. 이제
제가 섬기고 따를 분이란 말이에요."

"공주님, 이게 도대체 어떻게 된 일입니까? 이게
말이 됩니까? 저런 천한 천민과 혼례를 올리다니요.
저놈 목이 성치 못할 것입니다."

"황 장군, 제발 모른 척해 주세요."

"그럴 순 없습니다. 저놈을 당장 끌고 가서 목을
칠 것입니다. 뭣들 하느냐? 저놈을 당장 옭아매라."

"예."

군사들이 일사불란하게 개똥이를 묶었다. 개똥이
어머니가 대성통곡을 했다.

"나으리, 나으리! 제발 우리 아들을 살려 주세요.
하나밖에 없는 귀하디 귀한 자식입니다요."

"어허, 무엄한지고. 길을 막는 자는 내 단칼에 목
을 베리라."

"아이고, 내 아들! 아이고, 개똥아!"

개똥이 어머니의 울부짖음만이 공기를 메웠다.

개똥이는 궁으로 끌려와 꿇어앉고 왕의 심판을 받았다. 왕의 분노는 극에 달해 있었다.

"이놈, 네가…… 네가 감히 천민 주제에 내 딸하고 혼례를 올려? 저놈, 저놈의 목을 당장 쳐라!"
"예이, 분부 받잡겠습니다."

황 장군이 장검을 빼어 개똥이에게 다가갔다. 리나 공주가 앞을 막아섰다.

"대왕 마마, 소녀 지아비가 죽으면 따라 죽겠습니다. 제 앞에서 지아비가 죽는 건 볼 수 없습니다. 저를 먼저 죽여 주시옵소서."
"어허, 저, 저런 도대체 저놈이 공주에게 무슨 짓을 한 것이야? 도대체 어떻게 구워삶은 것이야?"

"대왕 마마, 서방님을 죽이시면 저 또한 따라 죽을 것이옵니다."

그러고는 품에서 단도를 빼 들어 높이 쳐들었다. 공주의 결연한 표정에 대왕도 어찌할 바를 몰랐다.

"어허, 저런…… 어허."

그때 옆에서 지켜보던 왕의 스승인 김현중 대사부가 끼어들었다.

"대왕 마마, 일단 고정하시고 이 문제는 차후에 논의토록 하시지요."
"어허."

대왕이 머리가 복잡한 듯 비틀거리며 왕좌로 쓰러졌다. 그러고는 하명을 내렸다.

"일단 저놈을 감옥에 가두거라. 내 저놈을 어찌한

다……."

"예이, 분부 받잡겠습니다."

개똥이는 군사들에게 끌려 감옥에 갇혔다. 닭똥 같은 눈물이 흘렀다. 무엇보다 슬픈 건 리나 아씨, 아니 리나 공주님과 더 이상 못 만난다는 사실이었다. 그렇게 한참을 괴로워하고 있을 때, 문지기가 슬며시 다가왔다.

"이놈아, 리나 공주님 오셨다. 아무도 모르게 만나거라."

그러곤 사라졌다. 리나 공주가 눈물을 흘리며 다가왔다.

"서방님, 몸은 좀 어떠신지요."

"전 괜찮습니다. 저 때문에……."

"아니에요. 제가 미안하죠. 걱정 마세요. 꼭 서방님을 구해 낼 거예요. 어떻게든……."

"혼자 계신 어머님이 걱정돼요."

"걱정 마세요. 제가 은밀히 사람을 보내 돌봐 주고 있어요. 서방님 마음 단단히 먹으세요."

"네, 알겠어요."

"제가 꼭 구해 낼게요."


둘은 격자 창살 사이로 두 손을 꼭 잡았다. 그렇게 둘은 깊은 믿음을 확인했다.


리나 공주가 대사부에게 가서 사정을 했다.


"대사부님, 부탁이 있어 왔어요."

"네, 공주님. 무슨 부탁인가요?"

"제 서방님을 구해 주세요."

"흠……."


대사부는 깊은 한숨을 쉬었다.


"공주님, 저는 사실 그 아이를 만난 적이 있습니다."

"네? 제 서방님을 만난 적이 있다고요?"

"그렇습니다. 일전에 외나무다리에서 만난 적이 있습니다. 심성이 참 착한 아이더군요."

그랬다. 개똥이가 리나 공주를 살리려고 산삼을 캐러 가던 중 외나무다리에서 만난 노인이 바로 김현중 대사부였다.

"아, 그러셨어요? 사람을 사랑할 줄 알고 더없이 착한 분이에요. 어떻게 살릴 방법이 없을까요?"

"글쎄요. 대왕께서 저리 화를 내시니 그대로 뒀다간 목숨을 부지하긴 힘들 것 같고……."

"대사부님, 서방님을 꼭 좀 살려 주세요. 만약 서방님이 잘못되면 저도 따라 죽을 거예요."

"어허, 공주님. 단단히 반하셨군요. 제가 방법을 한번 고민해 보겠습니다."

"부탁드려요, 대사부님."

그렇게 며칠이 흐른 후, 천국을 찾아 떠나는 원정

대의 출정식이 있는 날이었다. 리나 공주가 살고 있는 평화국은 다른 주변 나라들보다 살기 좋은 나라였지만 백성들은 항상 불평불만이 많았고, 왕은 그런 백성들에게 진정한 천국을 찾아 주고 싶어 했다. 그래서 귀족 자제들을 보내 천국을 찾아 오는 자에게 소원 한 가지를 들어 주겠노라고 약속한 참이었다.

드디어 출정식이 열렸다. 많은 백성들이 기대에 찬 눈으로 귀족 자제들을 바라봤다. 우렁찬 왕의 선언으로 출정식이 시작되었다.

"오늘 이 귀족 자제들 중 천국을 찾아 오는 자에게는 내 소원 한 가지를 들어주려 한다. 어떤 소원이든간에 내 이름을 걸고 들어줄 것이다. 오늘 출정할 귀족의 자제들은 전부 나오거라."

귀족 자제들이 왕의 앞에 무릎을 꿇었다. 왕이 친히 귀족의 자제들에게 검을 하사했다.

"이 검들은 우리 왕국 최고 대장장이가 만든 명검으로 어떠한 것도 자를 수 있는 귀한 보검이다. 다가올 위험에 대비해 잘 쓰길 바란다."

검이 전달되고 귀족들은 말 위에 올랐다. 옆에는 짐을 짊어진 노비들이 귀족들을 보필했다. 왕이 크게 외쳤다.

"자, 출발하라."

그때 어디선가 다급한 목소리가 들려왔다.

"잠시만, 잠시만 기다려 주소서."

왕이 놀라 소리나는 쪽을 돌아봤다. 대사부였다.

"왕이시여, 잠시만 멈추소서."
"대사부, 무슨 일이시오?"
"대왕 마마, 아무래도 제가 따라가야 할 것 같습

니다."

"대사부께서요?"

"네, 만약 귀족의 자제들 중 누가 천국을 찾았는지 제가 증인이 돼야 할 것 같아서요."

"연로하신 대사부께서 친히 그런 일을 하시다니요. 적은 나이도 아니신데."

"괜찮습니다, 왕이시여."

"그래만 준다면야 나도 좋습니다."

"왕이시여, 다만 한 가지 청이 있습니다."

"말하시오. 대사부, 대사부의 말이라면 내 어떤 것도 들어드리리다."

잠시 머뭇하던 대사부가 입을 뗐다.

"저를 보필하고 제 짐을 짊어 줄 노비가 한 명 필요한데, 옥에 갇혀 있는 개똥이를 데려갈까 합니다."

"뭣이요? 개똥이를? 그건 안 될 말입니다. 그놈은 감히 공주와 왕실을 우롱한 놈입니다. 내 그놈에게 큰 벌을 내리려던 참입니다."

"왕이시여, 저에게 방금 어떤 부탁이라도 들어주신다 하지 않으셨습니까?"

"험, 험, 그야 그렇지만……."

"제가 그놈이 꼭 필요해서 그럽니다. 제 부탁을 들어주시지요."

결국 마지못해 왕은 부탁을 들어주었다. 개똥이는 옥에서 풀려나 대사부의 짐꾼으로 원정대에 합류하게 되었다.

"자, 출발."

우렁찬 대사부의 호령에 원정대는 백성들의 열렬한 환영을 받으며 힘차게 한 걸음 한 걸음 발을 내딛었다. 귀족 자제들은 말을 타고, 노비들은 짐을 지고 걸었다.

오후가 되자 따가운 햇살이 인상을 찌뿌리게 했다. 일행은 점심을 먹기 위해 길 가장자리 풀숲에 짐을 풀고 노비들은 밥을 지었다. 귀족 자제들이 불 앞에 둘러앉아 통성명을 했다.

"우리 다들 이름이라도 압시다. 이렇게 된 것도 인 연인데……."
"그럽시다."
"나는 박지원 도령이라고 합니다."

개똥이의 눈살이 찌뿌려졌다. '아, 저 사람이 리나 공주님께서 말한 그 사람이구나. 내가 아니었으면 지금쯤 리나 공주님과 혼례를 치르고 왕이 됐을 사 람……'.

"나는 우리 왕국 최고의 무사인 황 장군님의 자제, 진병오 도령이오. 나로 말할 것 같으면 10세에 장정 서너 명을 무술로 제압한 적이 있는 무술 천재요."
"저는 이상호 도령이라고 합니다. 잘 부탁드려요."
"나는 마대섭 도령이라고 합니다."

노비들이 밥을 다 지었고, 조촐하지만 고된 여행 길에 이만한 찬이면 호강인 듯한 식사를 했다. 귀족 자제들은 찬이 훌륭했지만 노비들은 멀찍이 떨어져 볼품 없는 찬으로 끼니를 때웠다. 그들은 수저, 젓가락도 없이 맨손으로 우걱우걱 목구멍으로 집어넣었다.

대사부가 개똥이를 불렀다.

"개똥아!"
"네, 대사부님."
"이리 오너라. 같이 먹자꾸나."

박지원 도령이 눈을 가늘게 뜨며 화를 냈다.

"대사부님, 노비와 겸상이라뇨. 안 될 말입니다."
"어허, 내가 괜찮다는데……. 개똥아, 이리 오너라."

개똥이가 눈치를 보며 쭈뼛쭈뼛 대사부 곁으로 다가갈 때 박지원 도령이 발을 뻗었다. 개똥이가 그

발에 걸려 박지원 도령 앞에 넘어졌다. 박지원 도령
이 개똥이 귀에 대고 나직이 읊조렸다.

"너 이 자식, 너만 없었으면 내가 리나 공주님과
혼례를 치르고 왕국을 차지할 수 있었는데. 너 때문
에 다시 천국을 찾아야만 리나 공주님과 왕국을 차
지할 수 있다니. 내 너를 가만히 안 둘 것이야."

개똥이는 못 들은 척 대사부 곁으로 갔다.

"개똥아!"
"예, 대사부님."
"나를 알아보겠느냐?"
"물론입니다. 외나무다리에서 뵌 분 아닙니까?"
"허허, 너와 이리 다시 만나게 될 줄은 꿈에도 몰
랐다."
"저도 깜짝 놀랐습니다."
"내 너에게 큰 도움이 될 수 있었으면 하던 참이었
다. 너는 내가 살렸다?"

"뼛속 깊이 감사 또 감사하고 있습니다."

"허허, 그래. 알면 됐다."


귀족 자제들끼리는 서로 자기 자랑이 여념이 없었다. 진병오 도령이 자기 무용담을 침을 튀겨 가며 자랑질을 했다.


"나는 말이지, 7살 때부터 검술이 능해서 검술 신동이라고 불렸지. 10세 때 이미 장정 서너 명은 제압했고, 12살 때는 경공술로 집 한 채를 날아올라 뛰어넘었으며, 17세 때 장정 열 명을 검술로 제압했지. 너희들은 내가 원정대에 있는 걸 감사해야 돼. 앞으로 위험한 일이 닥치면 내가 다 처리할 거니까. 그런 의미에서 나한테 고맙다는 의미로 뭐 줄 것들은 없냐?"


마대섭 도령이 눈살을 찌푸리며 말했다.


"아니, 여보쇼! 왜 초장부터 반말이오?"

마대섭 도령의 눈빛이 살기 등등하자 진병오 도령은 주눅이 들었다. 그래도 받을 건 받아야 된다는 듯 다시 말을 이었다.

"어서 줄 것들이 있으면 주쇼. 내가 원정대를 보호할 테니까."

다른 도령들이 마지못해 가지고 있던 보석들을 하나둘씩 줬다. 진병오 도령이 싱긋 웃으며 보석들을 챙겼다. 그러면서 도령들에게 물어봤다.

"근데 도령들은 나중에 천국을 찾게 되면 소원 한 가지씩은 말할 텐데, 다들 소원이 무엇인가요?"

그러자 박지원 도령이 째려보며 말했다.

"그건 뭐 여기 모인 모든 도령들 마음이 똑같지 않겠소? 리나 공주와 혼례를 치러 왕국을 차지하는 게 우리 목표이지 않겠소?"

다들 고개를 끄덕였다. 박지원 도령이 앉은 자리가 불편한 듯 자신의 노비인 마실이를 불렀다.


　"마실아, 이놈."
　"예, 도련님."
　"깔고 앉은 돌이 너무 딱딱하여 엉덩이가 배겨 힘들구나. 네가 엎드려 내 의자를 대신하렷다."
　"예, 도련님."


　마대섭 도령이 푸념을 하였다.


　"내가 왜 이런 고생을 하는지 모르겠어. 집에 있으면 편하게 있을 텐데. 도대체 천국이 어디 있다는 거야? 있기나 한 거야? 쓰잘데기 없는 짓인 거 같아."


　진병오 도령이 이상호 도령에게 물었다.


　"그쪽도 리나 공주와 결혼해서 왕국을 차지하는 게 목표요?"

이상호 도령이 머뭇머뭇하며 말했다.

"저는 엄마가 시킨 대로 하는 거예요. 엄마가 하라
고 해서……."
"풉!"

모두들 웃었다. 진병오 도령이 다시 물었다.

"아니, 이상호 도령은 생각이 없어요? 엄마가 시킨
다고 다 하는 거예요?"
"여태까지 내 생각대로 해 본 적이 없어요. 뭐 하
나 내가 결정해서 해 본 적이 없어요. 내가 선택해
서 하면 꼭 안 좋게 끝나더라고요. 그래서 내가 뭘
선택 안 해요."
"참……."

진병오 도령이 혀를 끌끌 찼다. 그러더니 시선이
날카로운 눈매의 박지원 도령에게 꽂혔다.

"박지원 도령, 박지원 도령은 왜 아무 말도 없소?"

그러자 박지원 도령이 눈을 가늘게 뜨며 개똥이를 째려보며 말했다.

"원래 예정대로라면 내가 리나 공주와 혼인하여 차차 왕국을 차지할 수 있었는데. 저런 천하의 상것 때문에 내가 이 고생을 하고 있는데 화가 안 나겠 소?"

불현듯 화가 치민 박지원 도령이 개똥이를 불렀다.

"야! 이놈 상것, 개똥아."
"네, 도련님."

개똥이가 머리를 조아리며 대답했다.

"네 이놈, 고기가 먹고 싶구나. 가서 토끼 한 마리 잡아 오너라."

"네, 도련님."

개똥이가 가려고 하자 대사부가 화를 냈다.

"네 이놈, 박지원 도령! 개똥이는 나의 몸종이니라. 어디서 감히 내 몸종에게 심부름을 시키느냐? 무엄하다."

박지원 도령이 돌을 들어 숲 쪽으로 힘껏 던지며 화풀이를 했다.

"에잇, 진짜. 더러워서."

원정대는 식사를 마치고 다시 길을 나서기 시작했다. 따가운 햇살에 미간이 찌푸려질 정도로 더운 날씨였다. 터벅터벅 걸었다. 각 왕국을 돌아다니면서 상행위를 하는 상인들에 의하면 부처님과 예수님이 천국을 알고 있다는 소문이 돌았다. 그래서 원정대는 부처님을 만나고 예수님을 만나 천국을 찾을 요량이었다. 상인들이 알려 준 길로 계속해서 걸었다.

원정대는 한 왕국에 도착했다. 하룻밤 묵을 숙소가 필요했다. 여행자들이 이용하는 허름한 주막에 짐을 풀기로 했다. 진병오 도령이 주막 주인을 불러 삯을 흥정했다.

"주인장, 우리 여기서 하룻밤을 묵을 작정인데 삯은 얼마면 되겠소?"

"음, 이 정도 인원이면 금화 100냥 주쇼."

"뭐요? 금화 100냥이라니. 아니, 너무 터무니없이 비싸지 않소?

"싫으면 마시구려."

"아니, 여기는 부르는 게 값이오? 정해진 삯이 없는 거요?"

"맞소, 이 왕국에는 정해진 법이 없소. 다 자기 마음대로 해도 되는 곳이오."

그러자 대사부가 놀라 물었다.

"아니, 이 왕국은 법이 없는 곳이오? 어떤 물건이라도 정해진 가격이 있는 것이고 사람이 사는 곳엔 혼란을 바로 잡기 위해 법이 존재하거늘, 법이 없는 나라가 어디 있단 말이오."

그러자 주막 주인이 싱긋 웃으며 이야기했다.

"여기 있잖소. 우리 왕국엔 옛부터 법이 없소. 개인의 자유를 위해서이지요. 법이 있으면 개인의 자유를 해칠 수 있소. 그래서 우리 왕국은 천국이지요."

"뭣이라? 법이 없는 나라가 천국이라고? 예끼 여보쇼! 어허, 참……."

대사부가 혀를 끌끌 찼다. 진병오 도령이 옆에서 보고 있다 대사부에게 건의를 했다.

"대사부님, 이렇게 실랑이만 하다가는 시간만 낭비할 것 같습니다. 그냥 노숙을 하시지요."

"그래, 그러자꾸나. 이거 원, 하룻밤 자는 데 금화 100냥이라니. 이슬만 피할 수 있다면 그냥 노숙이 낫겠다."

"이쪽으로 오시지요."

진병오 도령이 일행들을 이끌고 노숙할 만한 곳을 찾아 짐을 풀었다. 새벽이슬을 막을 나뭇잎을 차곡차곡 쌓아 대충 잠잘 곳을 만들었다. 마대섭 도령이 불평을 했다.

"이게 뭐예요? 아유, 어설퍼. 이런 곳에서 자야 하다니. 집에 있으면 따뜻하게 잘 것인데."

그러자 진병오 도령이 벌컥 화를 냈다.

"그러면 당신이 만들어 보든가? 손 하나 까딱 안 하면서 불평은……."

머쓱해진 마대섭 도령이 입술을 삐죽 내밀었다.

그렇게 잠잘 곳이 마련되고 저녁 밥을 먹고 다들 일찍 잠자리에 들었다. 한창 꿈나라에 빠져 있을 때쯤 고함이 들렸다.

"뇌, 뇌. 이건 내 거란 말이야."

모두들 깜짝 놀라 부스스 일어났다. 이상호 도령이 누군가에게 자신의 짐을 뺏기지 않으려고 실랑이를 하는 모습이 눈에 들어왔다.

"이놈, 목숨이 아깝지 않느냐? 정녕 죽고 싶은 게냐?"

낯선 사내가 이상호 도령의 목에 칼을 겨누고 이상호 도령과 대치를 하고 있었다. 진병오 도령이 낯선 사내에게 떨리는 목소리로 말했다.

"네 이놈, 누군데 칼을 겨누는 것이냐?"

그러자 낯선 사내가 미소를 지어 보이며 비아냥거렸다.

"지나가는 도적이온데, 물건 좀 훔치러 왔수다."

그러자 옆에 있던 낯선 두 사내가 호탕하게 웃었다.

"푸하하하!"

기껏 해 봐야 3명이었다. 그런데 아무도 선뜻 나서질 않았다. 모두의 시선은 진병오 도령에게 쏠렸다. 모두들 간절히 원하고 있었다. 진병오 도령의 무공으로 칼 한 번 쓱 휘두르면 저 3명쯤은 금방 쓸어버리리라 모두들 기대하고 있었지만, 어찌된 일인지 진병오 도령은 검을 잡지 않았다. 이상할 노릇이었다. 참다 못한 박지원 도령이 검을 빼 들었다.

"이놈의 자식들, 감히 우리가 누군지 알고……."

박차고 나가 검을 휘두르기도 전에 도적의 앞차기에 얼굴을 맞고 픽 고꾸라졌다. 코에서 피가 주르륵 나왔다. 도적이 검을 들어 박지원 도령을 찌르려고 하자, 드디어 진병오 도령이 검을 잡았다.

"잠깐."

모두들 진병오 도령을 우러러봤다. 역시나 하는 마음이 스쳤다. 진병오 도령이 성큼성큼 도적 앞으로 갔다. 도적이 바짝 긴장해서 검을 꽉 움켜 잡았다. 진병오 도령이 검을 도적에게 주며 말했다.

"저기요, 제가 보아하니 갖고 계신 검이 너무 낡았어요. 이 검은 보검이에요. 이거 가지세요."

그제야 긴장하고 있던 도적이 웃으며 이야기했다.

"이놈 참 마음에 드는구나. 검도 검이지만 너희들이 가지고 있는 모든 것을 가져가도 되겠느냐?"

"네, 오시면 드리려고 마음먹고 있었습니다."

"그래, 그놈 참. 하하, 알았다. 가지고 있는 모든
걸 가져가마."

그러곤 진병오 도령의 머리를 쓰다듬어 주었다.
도적들이 모든 걸 가지고 갔다. 말까지도 가지고 갔
다. 휑하니 텅빈 보자기만이 남았다. 모두의 시선이
진병오 도령에게 향했다. 마대섭 도령이 참다 못해
벌컥 화를 냈다.

"아니 진병오 도령, 언제는 무공이 뛰어나다고 자
랑질을 하더니 고작 도적 3명을 못 이기고 다 내어
준단 말이오?"

진병오 도령이 멋쩍어 하며 말했다.

"어허, 다 당신들을 살리려 한 것 아니오."

"우리를 살리다니요?"

"내가 섣불리 저들과 싸우다 지면 화가 나서 우리

를 다 몰살할 것 아니오. 나는 우리 집에서 군병들
하고 연습으로 검술 좀 한 것이지 실전은 안 해 봤
소. 에헴."

박지원 도령이 소매로 피를 쓱 닦으며 말했다.

"말이나 못 하면……."

마대섭 도령도 짜증을 냈다.

"이제 어떡할 거요? 식량도 모두 뺏겼으니 당장 먹
을 것도 없고……."

박지원 도령이 잠시 생각하더니 옆에서 끼어들었다.

"이 왕국은 법이 없소. 여기서는 뺏고 뺏기는데요.
힘 없으면 굶어 죽기 딱 알맞은 곳, 우리도 뺏읍시
다. 이대로 굶어 죽을 순 없소. 돈 있는 놈들한테
가서 뺏읍시다."

대사부가 막아섰다.

"이놈, 무엇을 뺏는단 말이냐? 우리도 짐승이 되자는 말이냐?"
"대사부님, 그렇다고 이렇게 앉아서 굶어 죽으란 말입니까? 죽음을 선택하시겠습니까, 뺏겠습니까?"

대사부가 더 이상 만류하지 못하고 힘없이 비켜 주었다. 박지원 도령이 크게 소리쳤다.

"자, 굶어 죽기 싫은 사람들은 전부 나를 따르시오."

어쩔 수 없이 모두들 박지원 도령을 따라 나섰다. 뺏을 곳을 이리저리 탐색하던 박지원 도령 눈에 큰 기와집이 들어왔다. 보기에도 으리으리했다. 박지원 도령이 명령을 내렸다.

"자, 모두 쳐들어갑시다."

그때 진병오 도령이 다급히 말렸다.

"잠깐만요, 잠깐만요. 지금 무기도 없이 쳐들어간
단 말입니까? 안 될 말입니다. 무기 정도는 챙기고
들어가 뺏어야지요."

박지원 도령이 머리를 긁적였다.

"하하, 그런가요? 무기를 어디서 구하죠?"
"저기 저 집으로 들어가서 구해 봅시다."

진병오 도령이 눈으로 한 집을 가리켰다.

"그럽시다. 저기서 무기를 훔쳐서 가서 뺏읍시다."

모두들 우르르 몰려갔다. 진병오 도령이 안을 살
피더니 누가 있는지 불러 봤다.

"계십니까? 계십니까?"

다행히 아무도 없었다. 문을 열고 들어가 무기가 될 만한 것을 찾아 봤다. 딱히 무기가 될 만한 것이 보이질 않았다. 가래, 호미, 삽, 곡괭이, 쇠스랑 같은 농사 기구들밖에 없었다. 박지원 도령이 한숨을 쉬었다.

"에휴, 아무것도 없네?"

진병오 도령이 고개를 저었다.

"그래도 이거라도 있어야 뺏을 수 있어요. 전부 무기 하나씩 잡아서 뺏으러 갑시다."

모두들 무기 하나씩을 집어 들었다. 박지원 도령을 필두로 봐 뒀던 기와집으로 갔다. 박지원 도령이 발로 대문을 찼다.

"이리 오너라!"

얼마 안 있어 안에서 소리가 들려왔다.

"뉘시오?"

"여기 주인 좀 만나려고 하오. 문 좀 열어 주시오."
"무슨 일인데 그러시오?"
"긴히 드릴 말씀이 있어서 그러오."

잠시 후, 안에서 "들여 보내라."라는 소리와 함께
삐걱 문이 열렸다. 모두들 무기를 들고 우르르 몰려
들어갔다. 주인인 듯한 사내가 고개를 갸웃거리며
궁금한 듯 마루에 서 있었다.

"그래, 무슨 일로 그러느냐?"

좌우에 검을 든 무사 20여 명과 활을 겨누고 있는
궁수 10여 명이 박지원 도령 일행을 겨누고 있었다.
박지원 도령이 겁을 먹고 턱을 딱딱거리며 말을 하
지 못했다. 주인이 짜증을 내며 말했다.

"무슨 일 때문에 왔느냐고 물었다."

진병오 도령이 급히 말을 받았다.

"네, 주인어른. 저희들이 평소 이 집 주인이 덕망
이 높으시다 하여 흠모하던 차에 무언가 도울 일이
없을까 생각하다 이 집 밭을 갈아 주면 어떨까 하
여 모두들 찬성하고 이리 쳐들어왔습니다."

"뭐? 우리 밭을?"

"네, 주인어른."

"허허, 그래 무척 고맙구나. 그래, 마침 자갈이 많
은 밭이 있는데 갈기가 힘들어서 놔 두고 있었느니
라. 너희들이 밭을 갈아 주겠느냐?"

"네, 주인어른. 저희들이 갈아 놓겠습니다."

"그래 그래, 고맙다. 허허, 이 나라에 저런 착한 놈
들이 있다니……"

칼을 찬 무사 5명의 인솔하에 조금 떨어진 밭으
로 향했다. 밭을 보니 숨이 턱 막혔다. 넓기도 넓고

거칠고 갈기 힘든 밭이었다. 무장한 무사 중 한 명
이 채근을 했다.

"어서 밭을 갈거라. 뭣들 하느냐?"

무사가 험상궂은 표정으로 채근하자 진병오 도령
이 힘없이 대답했다.

"예, 알겠습니다. 자, 모두 일합시다."

무척 힘들었다. 자갈을 골라 한쪽으로 치우고 거
친 땅을 갈아엎었다. 농기구들도 부실하기 그지없
어 배로 힘들었다. 무사들이 지키고 있어 잠시 쉬지
도 못했다. 땀이 뻘뻘 나서 금세 땀으로 옷이 젖어
버렸다. 마대섭 도령이 너무 힘든지 호미를 땅바닥
에 휙 던지며 불평을 했다.

"이런 젠장, 도대체 우리가 뭣 때문에 이 짓을 해
야 돼요?"

그러면서 진병오 도령을 째려봤다. 그러자 진병오 도령이 기어들어 가는 목소리로 말했다.


"그래도 우리 목숨이라도 건지지 않았소?"


뒤에서 무사가 칼을 빼 들었다.


"지금 뭐하는 거야? 빨리 일 못해?"
"일합니다요. 일해요."


꼼짝없이 주구장창 일만 했다. 배가 무척 고팠다. 진병오 도령이 한 무사에게 비굴한 목소리로 물었다.


"무사님, 저희들 밥은 안 줍니까요? 먹을 건 먹어야죠?"
"이놈아, 너희들이 자청해서 하는 일인데 무슨 밥? 잔말 말고 일이나 열심히 하거라."

뱃가죽이 등에 붙을 것만 같았다. 힘들고 배고프고 모두들 박지원 도령과 진병오 도령을 잡아먹을 듯 째려봤다. 드디어 해가 질 무렵, 그 넓은 밭을 다 갈았다. 무사가 매우 흡족해하며 말했다.

"수고들 했구나. 이젠 돌아가도 좋다."

모두들 뛸 듯이 기뻐했다.

"아! 자유구나."

저녁이 다 되어 아무것도 먹지 못하고 일행은 다시 노숙을 했다. 다들 녹초가 되어 잠은 잘 잤다. 코를 골아도 누구 하나 깨지 않았다. 아침이 되어 겨우 물로 배를 채우고 다시 모여 의논을 했다. 마대섭 도령이 화를 내며 말했다.

"이렇게 가다가는 굶어 죽기 딱 알맞겠소. 무슨 방도가 없겠소?"

박지원 도령이 의견을 내놓았다.

"부자인 집은 전부 군사가 있고 도저히 뺏을 수가 없소. 힘없고 약한 이들의 음식과 돈을 뺏읍시다."

그러자 대사부가 화를 냈다.

"안 된다. 이놈, 어찌 힘없고 약한 이들의 것을 뺏는단 말이냐? 안 될 말이다. 뺏으려거든 있는 자들의 것을 뺏어라."

"대사부님, 있는 자들은 강해서 뺏지 못합니다. 이대로 굶어 죽자는 말씀이십니까? 약한 자들의 것이라도 뺏어 먹지 않으면 우린 굶어 죽습니다. 자, 갑시다."

박지원 도령이 앞장서자 다들 우르르 따랐다. 이집 저 집 기웃거리던 박지원 도령이 한 집을 찍었다.

"저 집이 좋겠어요."

박지원 도령이 싸리문을 부수고 들어갔다. 그리고
는 부엌을 뒤지기 시작했다. 쌀도 있고 반찬거리들
도 제법 있었다. 그때, 방문이 벌컥 열리며 온 가족
이 뛰어 나왔다.

　"도둑이야! 도둑이야!"

　그러면서 칼을 휘두르기 시작했다.

　"이 도둑놈들 어디서 도적질이야?"

　서슬 퍼런 반항에 박지원 도령은 어쩔 줄을 몰랐
다. 온 가족이 칼을 휘두르는 바람에 쫓겨나듯 도망
나왔다.

　"어휴, 독한 것들……."

　박지원 도령이 한숨을 내쉬었다. 그러자 진병오
도령이 화를 냈다.

"아니, 그래 고작 그 몇 명도 못 해 봅니까?"

그러자 마대섭 도령이 더 화를 냈다.

"진병오 도령은 할 말이 없을 텐데?"

그러자 진병오 도령이 마대섭 도령의 멱살을 움켜 잡았다.

"이게 어디서 죽으려고……."

마대섭 도령도 진병오 도령의 머리채를 움켜잡았다.

"놔, 놔, 안 놔?"

박지원 도령이 둘을 뜯어 말렸다.

"어허, 왜들 그러시오? 그만두시오. 그만……."

둘은 분이 안 풀렸는지 한참을 씩씩댔다. 박지원 도령이 다시 사람들을 설득했다.

"이번엔 정말 약하디약한 사람의 집을 찾아봅시다. 자, 나를 따르시오."

모두들 우르르 따라 나섰다. 박지원 도령의 눈에 한 노파의 집이 들어왔다. 노파는 감자를 캤는지 감자 손질을 하고 있었다. 박지원 도령이 소리를 꽥 질렀다.

"할머니, 그 감자 우리가 가져야겠소."

노파가 깜짝 놀랐다.

"네? 이 감자를요? 이 감자는 우리 끼니를 때울 양식이에요. 안 돼요."

노파가 감자를 품에 안고 눈물을 뚝뚝 흘렸다. 박

지원 도령이 가지고 있던 삽으로 노파를 위협했다.

"내놓으라면 내놓을 것이지 웬 말이 그리 많소?"
"안 된다, 이놈. 우리는 굶어 죽으란 말이냐? 안 된다, 안 돼."

박지원 도령이 발로 노파를 힘껏 찼다.

"아이고, 나 죽네."

할머니가 뒤로 벌렁 나자빠졌다.

"할머니!"

7살쯤 돼 보이는 여자아이가 울면서 방에서 뛰쳐나왔다.

"우리 할머니 때리지 마세요."

여자아이가 울먹거렸다. 그때, 개똥이가 박지원 도령을 막아섰다.

"도련님, 안 됩니다. 이리해서는 안 됩니다. 저들도 먹고 살아야 하지 않습니까?"
"네 이놈, 천하의 천한 것이 누구를 막는 게냐? 너도 맞아야 정신을 차리겠느냐?"

그래도 개똥이가 비키지 않자, 박지원 도령이 발로 개똥이의 복부를 걷어찼다.

"아이고."

외마디 비명과 함께 개똥이가 배를 움켜잡고 뒹굴었다. 박지원 도령이 삽으로 개똥이를 내리치려고 하자 대사부가 막아섰다.

"이놈, 그만두지 못할까?"
"쳇."

박지원 도령이 삽을 땅바닥에 던졌다. 그러곤 일행들에게 소리쳤다.

"뭣들 해요. 감자 챙기고 부엌에 뭐 있나 뒤져 봐요."

일행들이 일사불란하게 움직였다. 자루에 먹을 것을 가득 담아 한 개도 남기지 않았다. 개똥이가 절규를 했다.

"다 가져가면 할머니하고 어린애는 뭘 먹어요. 제발……."

그러나 일행들은 감자 한 톨 남기지 않고 다 가져가 버렸다. 대사부가 개똥이를 부축해 일으켰다.

"개똥아, 그만 일어나거라. 가자꾸나."

개똥이의 눈에 눈물이 하염없이 흘러내렸다.

**99**

"대사부님, 이제 저 할머니와 어린애는 어떡해요 불쌍해서……"

"나도 참으로 안타깝구나. 사람이 사는 세상은 이런 일이 없도록 법을 만들고 약자를 보호해야 하는데, 법이 없는 나라라니……. 혼돈이구나 혼돈……. 지옥이 따로 없어."

"흑흑."

"자, 그만 가자."


둘은 어쩔 수 없이 일행을 따라갔다. 한적한 곳에서 일행들은 서둘러 감자를 삶기 시작했다. 모두들 침을 꿀떡꿀떡 삼키며 감자가 익기만을 기다렸다. 이윽고 감자가 다 익어 박지원 도령이 한 개씩 배분해 주기 시작했다. 개똥이에게 한 개를 건네주자 개똥이가 탁 치며 소리쳤다.


"됐습니다. 저는 이런 건 먹지 않겠습니다."


감자가 땅에 떨어졌다. 그러자 박지원 도령의 발길

질이 날아왔다.

"아이고, 아이고."

개똥이가 배를 잡고 뒹굴었다. 대사부가 막아섰다.

"네 이놈, 그만두지 못할까?"

박지원 도령이 화를 벌컥 냈다.

"대사부께서는 왜 저놈 편만 드십니까?"
"이놈아, 편드는 게 아니고 네 행실이 못돼 먹질
않느냐?"
"못돼 먹다니요. 이게 다 살자고 하는 것 아닙니
까? 그럼 굶어 죽잔 말입니까?"
"됐다, 이놈아. 천하의 못된 놈."

다들 감자를 미친 듯이 먹었다. 귀하게 자란 도령
들이 겨우 감자 하나에 저리 기뻐하다니. 대사부는

개똥이를 부축해 일으켰다.

"몸은 좀 괜찮느냐?"

"예, 괜찮습니다. 대사부님 감자 좀 드시지요? 시장하실 텐데……."

"괜찮다. 내 어찌 약한 이들의 눈물에 젖은 감자를 먹겠느냐!"

"그래도 살기 위해선 먹어야 하지 않습니까?"

"아직은 괜찮다. 참을 만하다. 참으로 신기하구나. 곱게 자란 저놈들이 고작 감자를 저렇게 맛있게 먹다니……. 처음엔 귀한 음식만 찾더니……."

"배고픔을 아는 것이지요. 배고픔은 사람 마음까지도 바꿀 수 있는 것이니까요. 저러다 또 배부르면 감자는 거들떠도 안 볼 것입니다요."

"그렇구나. 다들 먹은 것 같으니 우리도 움직여 보자."

"예, 사부님."

그렇게 또 부처님의 나라로 향했다. 가는 동안 박

지원 도령은 힘없는 사람들의 것을 몇 번 더 약탈하여 주린 배를 채웠다. 대사부와 개똥이는 아무것도 먹지 못해 기력이 쇠했다. 무엇인가를 먹어야한 했다. 개똥이와 대사부는 물로 배를 채웠다. 겨우 생명만 유지할 수 있었다.

한 왕국이 눈에 들어왔다. 휘황찬란한 금박으로 수놓아진 집들……. 한눈에 보기에도 풍족함이 느껴지는 왕국이었다. 모두들 쾌재를 불렀다. 진병오 도령이 좋아서 소리를 질렀다.

"이야! 정말 잘사는 왕국이네요. 여기서는 먹을 건 걱정 안 해도 되겠어요. 이렇게 잘사는 왕국이니 먹을 건 그냥 나눠 주겠죠?"

박지원 도령이 활짝 웃으며 대답했다.

"그렇겠네요. 우리가 동냥은 할 수는 없고 노비들을 시킵시다. 마실아!"

"네, 도련님."

"가서 먹을 것 좀 동냥해 오거라."

"제가요?"

"그럼 내가 가리?"

마실이가 쭈뼛거렸다.

"이놈, 냉큼 가서 동냥해 오질 않고 뭣하는 게야?"

마실이의 엉덩이를 발로 걷어찼다. 다른 도령들의
노비들도 함께 동냥을 갔다.

"계십니까? 계십니까?"

아주 잘사는 것처럼 보이는 집 대문을 두드렸다.

"에헴, 무슨 일이오?"

"네, 천국을 찾아가고 있는 사람들인데 먹을 것을
도적질당하여 굶고 있습니다. 혹시 남는 것이 있으

면 적선 좀 하시지요."

"뭐라고? 이런 놈들을 봤나. 내 집엔 남은 음식이 없다. 설령 있어도 줄 것이 없다."

문을 쾅 닫고 들어가 버렸다. 마실이가 혀를 차며 이야기했다.

"거참, 인심 한번 야박하구만."

다른 노비들도 수없이 문을 두드려 봤으나 돌아오는 것은 물세례와 발길질뿐이었다. 그렇게 한참을 구걸하다 다들 포기하고 도령들에게 돌아왔다. 박지원 도령이 애가 타서 물어봤다.

"그래, 먹을 것 좀 얻어 왔느냐?"
"그게, 그…… 그게 인심이 너무 야박합니다. 모두들 풍족하게 사는 것 같은데 바늘로 찔러도 피 한 방울 안 나올 사람들입니다요."

박지원 도령이 마실이를 발로 뻥 찼다.

"예끼, 이놈아. 그런다고 쌀 한 톨 못 얻어 온단 말이냐?"
"어이쿠."

마실이가 나가떨어졌다.

"이거 어떡하지? 이 왕국은 법이 있을 테고, 법을 지키지 않으면 감옥에 갈 것이고, 이거 뺏지도 못하고 난감하네."

마대섭 도령이 짜증을 냈다.

"누가 좀, 방법 좀 생각해 봐요. 이러다 굶어 죽을 순 없잖소?"

한참 서로 눈치만 보고 있다가 진병오 도령이 나섰다.

"아이고, 이거 또 내가 나서야 밥벌이라도 하겠구만. 내가 왕년에 야바위 꽤나 해 봤소."

"야바위?"

모두들 놀랐다.

"그 있잖소? 그릇 세 개 엎어 놓고 돌멩이를 한 군데 넣고 막 섞어서 어디에 있는지 알아맞히면 건 돈의 몇 배를 주는 놀이 말이오."

박지원 도령이 놀라 되물었다.

"아! 그걸 많이 해 봤소? 잘하는 거요? 돈을 딸 수 있소?"

"그럼요. 내가 그걸해서 돈을 딸 테니까 박지원 도령이 바람잡이나 하쇼."

"어떻게 하면 되는 거요?"

"그냥 사람들만 많이 불러 모으면 되오."

"알겠소. 하하하!"

나무 그릇 세 개를 구해 와서 판을 벌였다. 박지원 도령이 큰 소리로 사람들을 불러 모았다.

"자, 돈 놓고 돈 먹기 아주 쉽습니다. 그릇 세 개 중에 돌멩이가 들어 있는 그릇만 찾으면 건 돈의 열 배를 드립니다. 자, 망설이지 마시고 도전해 보세요. 건 돈의 열 배를 드립니다."

사람들이 우르르 몰려들었다. 서로 자기가 먼저 하겠다면 난리였다. 진병오 도령이 소리쳤다.

"줄을 서십시오. 차근차근……."

진병오 도령이 그릇 세 개 중 한 개에 돌을 넣고 이리저리 막 섞었다. 첫 번째 사람이 돈을 걸었다.

"옛소, 가운데에 걸겠소."

진병오 도령이 웃으며 가운데 그릇을 열었다. 돌

멩이가 있었다.

"와아!"

사람들이 함성을 질렀다. 돈을 건 사람이 의기양양하게 말했다.

"자, 돈 열 배로 주시오."

진병오 도령이 얼굴이 흙빛이 되었다.

"아, 저, 저 다시 한 번 거시오. 내 이번에도 맞추면 돈을 드리리다."

다시 그릇 중 하나에 돌멩이를 넣고 막 섞었다. 손이 안 보일 정도였다.

"왼쪽 그릇에 걸겠소."

왼쪽 그릇을 열었다. 또 돌멩이가 들어 있었다.

"와!"

보고 있던 사람들이 함성을 질렀다. 진병오 도령과 다른 도령들이 얼굴이 벌겋게 달아올랐다. 사람들이 채근을 했다.

"어서 돈을 주시오. 뭐 하시오?"
"한 번, 한 번만 더 합시다."

그러나 결과는 똑같았다. 진병오 도령이 어쩔 줄을 몰라했다. 돈을 걸었던 사람이 벌컥 화를 냈다.

"아니, 돈이 없는 것이 아니오? 순 사기꾼이구만. 이것들이 어디서 사기를 치고 있어?"

진병오 도령의 멱살을 움켜잡았다.

"켁켁."

박지원 도령이 뜯어말렸다.

"이보시오. 잠깐만요. 잠깐만요."

다른 사람들이 박지원 도령의 머리채를 잡았다.

"네 이놈, 너도 한 패거리지?"
"이놈들을 묶어서 대왕께 데려갑시다."

사람들이 박지원 도령과 진병오 도령을 묶어서 대왕에게 데려갔다.

"대왕님 이자들이 돈도 없으면서 사람들을 현혹하여 사기를 친 자들입니다."

대왕이 코를 파며 이야기했다.

"그래? 돈도 없이 사기를 쳤다고?"

"네, 돈을 걸고 맞추면 열 배로 준다고 하였으나 한 푼도 없는 맹랑한 녀석들입니다."

"허허, 참으로 웃기는 놈들이구나."

"대왕님 큰 벌을 내려 주소서."

"그래, 알았다. 저놈들을 모두 감옥에 가둬라."

"예이."

대사부가 급히 나섰다.

"대왕이시여, 저의 말 좀 들어 주소서."

"그대는 누구인가?"

"저는 천국을 찾아 먼 길을 떠난 평화국의 대사부 김현중이라고 하옵니다."

"뭐라? 천국을 찾고 있다고?"

"네, 그렇사옵니다."

"천국이 있긴 있단 말인가?"

"네, 그렇사옵니다. 그렇게 믿고 먼 길을 떠났사옵니다."

"흠······."

대왕이 흥미를 보였다.

"대왕이시여, 저희가 가는 도중 도적을 만나 가진 걸 모두 뺏기고 굶어 죽을 순 없어 동냥을 하였으나 이 왕국의 백성들의 인심이 하도 야박하여 어쩔 수 없이 야바위를 하였나이다."

"흠······. 하긴 우리나라 백성 인심이 야박하긴 하지. 우리 왕국은 다른 왕국보다 먹을 것도 풍족하고 제일 잘사는 왕국임에도 백성들이 살기 힘들다고 푸념을 늘어놓고 있소. 도대체 그 이유를 모르겠소. 대사부께서는 그 이유를 아시겠소?"

"저도 그게 궁금하여 천국을 찾아가고 있나이다."

"흠······. 이렇게 하면 어떻겠소. 나도 같이 가고 싶소, 천국을 찾아서."

"대왕께서요?"

"그렇소. 도대체 우리 왕국의 백성들의 문제점이 무엇인지 꼭 찾고 싶소. 내 먹을 것과 돈은 풍족하게 대겠소."

"대왕께서 그리하여 주신다면 저희들이야 고맙겠습니다."

"그럼 같이 갑시다. 천국을 찾아서……."


그렇게 같이 천국을 찾아 떠나게 되었다. 함께 가는 중에 대사부가 왕에게 물어봤다.


"대왕이시여, 대왕께서는 모든 걸 가진 분인데 이미 천국에 계신 것이 아니옵니까?"

"그렇지 않소. 모든 걸 가졌지만 누구보다 괴로웠소. 도대체 왜 그런지 모르겠소."

"저희들은 도무지 이해가 되질 않는군요. 무엇이든지 원하면 할 수 있고 무엇이든지 갖고 싶으면 가질 수 있는데 괴로우시다뇨."

"아무튼 내 꼭 천국을 찾을 수만 있다면 왕의 자리도 내어 줄 수 있소."

"그런데 왕이시여, 우리가 가다가 또 도적을 만날 수도 있습니다. 왕께서는 군사도 많으신데 무사를

고작 한 명 데리고 가십니까? 보기에는 굉장히 연약
해 보이는데요. 어디 아픈 것같이 비쩍 마르
고……"

대사부께서 걱정스러운 눈빛으로 무사를 쳐다봤
다. 그러자 왕이 크게 웃었다.

"하하하! 그것은 차츰 보면 자연스럽게 알게 될 것
이오."

대사부께서 잠시 쉬어 가자며 일행을 멈추었다.
박지원 도령이 개똥이에게 계곡물을 받아 오라며
물병을 던졌다.

"야, 이놈 노비야. 물 좀 받아 오너라."

그러자 이상호 도령이 화를 냈다.

"이보시오. 왜 자꾸 개똥이를 괴롭히시오. 당신

노비 마실이가 있잖소? 왜 대사부님 노비를 괴롭히시오? 더구나 산짐승이라도 달려들면 어쩌려고 개똥이 혼자 보내시오. 내가 개똥이와 같이 가서 먹을 물을 떠오리다. 개똥아, 가자!"

"네, 이상호 도련님."

개똥이가 이상호 도령을 따라나섰다. 앞서 가던 이상호 도령이 머리를 긁적였다.

"하하, 참 나 개똥아! 어느 쪽으로 갈까? 이쪽? 저쪽? 내가 평생 엄마 말만 듣고 나 혼자 결정을 못해 봤어. 네가 결정할래?"

"도련님 혼자 결정하는 건 어려운 게 아니에요. 설령 잘못 결정했어도 다시 도전하면 돼요. 도련님이 결정하세요."

잠시 머뭇거리던 이상호 도령이 배시시 웃었다.

"하하, 역시 못 하겠어. 네가 결정해. 한 번도 안

해 봐서 두려워."

"네, 그래요. 제가 결정할게요."

개똥이가 앞장서 계곡물을 찾았다. 얼마 되지 않아 흐르는 계곡물을 찾을 수 있었다. 개똥이와 이상호 도령은 물병에 물을 가득 담아 왔다. 갈증에 목말라하던 마대섭 도령이 물병의 물을 벌컥벌컥 마시더니 짜증을 냈다.

"아, 정말 더럽게 맛없네. 우리 집 물이 맛있는데 내가 왜 이 고생을 하는지 모르겠어. 천국이 도대체 어디 있다는 거야?"

진병오 도령이 째려보며 말했다.

"마대섭 도령은 무슨 불평불만이 그리 많소? 다들 희망을 가지고 가고 있는데 꼭 한번씩 찬물을 끼얹지 않소? 가기 싫으면 가지 마쇼. 돌아가면 되지 않소?"

마대섭 도령은 입이 쭉 나왔다.

일행은 그 자리에서 밥을 해 먹고 다시 길을 나서기 시작했다. 가도 가도 끝없는 여정이었다. 사람들은 지쳐 있었고 다리에 힘이 풀려 갔다. 가는 길이 험해 말을 타고 이동할 수도 없는 길이었다. 그러다 한 사람이 겨우 벽에 붙어 갈 수 있는 길이 나왔다. 길이 꼬불꼬불해 다음 길이 보이지 않아 사람들이 두려워했다. 누구 하나 선뜻 선봉에 서겠다는 사람이 없었다. 개똥이가 나섰다.

"제가 선봉에 서겠습니다."

그러고는 조심 조심, 한 발 한 발, 내딛어 갔다. 그 뒤를 박지원 도령이 가겠다며 따라나섰다. 얼마쯤 갔을까? 모퉁이를 돌아서 가는 길, 뒤에 사람들이 보이지 않자 박지원 도령이 앞서 가던 개똥이를 밀어 버렸다.

"악!"

비명 소리와 함께 개똥이가 길 밑으로 떨어져 굴렀다. 대사부가 다급히 개똥이를 불렀다.

"개똥아, 개똥아!"

개똥이가 아래에서 신음 소리를 냈다.

"아…… 아……."

대사부는 안절부절하며 악을 썼다.

"빨리 개똥이를…… 개똥이를……."

사람들이 우르르 달려들어 개똥이를 부축해 올라왔다. 대사부가 대노를 했다.

"박지원 네 이놈, 개똥이를 죽이려 하다니. 네 이놈!"
"아닙니다. 대사부님, 제 실수입니다. 실수로 그런 거예요."

"내 저놈을, 저놈을……."

개똥이가 계속 신음을 내뱉었다.

"아…… 아……."
"개똥아, 괜찮으냐?"
"다리가…… 다리가……."

발목이 부러져 있었다.

"어허, 이 일을 어쩐다?"

박지원 도령이 안 되겠다는 듯 고개를 저었다.

"대사부님, 개똥이는 이제 안 되겠습니다. 이 상태
로는 우리에게 짐밖에 안 됩니다. 개똥이를 놔두고
가는 게 낫겠습니다."
"안 된다, 이놈. 개똥이는 내가 업고 갈 것이야."
"대사부님, 연로하신 몸으로 무리십니다."

"이상호 도령의 노비 성흡이와 마대섭 도령의 노비 대덕이가 개똥이를 도와주거라."

대왕의 지시로 들것을 만들어 개똥이를 옮길 수 있었다. 다행히 얼마 가지 않아 의원을 만나 대왕의 금전적 도움으로 적절한 치료를 받을 수 있었다.

다시 부처의 나라로 향했다. 개똥이를 들것에 싣고 쉼 없이 걸었다. 좁은 오솔길을 지나 또 하나의 마을이 눈에 들어왔다. 싸늘한 기운과 알 수 없는 공포가 피부를 오싹하게 했다. 사람의 온기라곤 찾아볼 수 없는 마을이었다. 앞서 가던 진병오 도령이 비명을 질렀다.

"으악, 이게 뭐야?"

사람의 뼈였다. 사람의 뼈들이 널브러져 있었다. 대왕이 금방 사태 파악을 했다.

"이 마을은 전염병이 돌았나 보오. 전부 죽었구만."

대사부가 되물었다.

"전염병으로 모두 죽었을까요?"
"그렇지 않고서야 이렇게 한번에 다 죽을 리는 없잖소."

자신의 추측이 맞다는 듯 대왕이 고개를 끄덕였다.

"오늘 밤 이 마을에서 하룻밤 묵어야 하는데 빈집이 많아 좋긴 하군요."
"대사부님! 저 집에서 하룻밤 묵죠."

대왕이 대궐 같은 한 집을 손으로 가리켰다. 모두들 그 집으로 들어갔다. 진병오 도령이 무얼 발견한 듯 소리를 질렀다.

"와! 금이다. 금화다."

안방에 금화와 장신구들이 가득했다. 박지원 도령
도 보자기에 금화와 각종 장신구들을 챙기기에 여
념 없었다. 대왕이 한심스럽다는 눈으로 쳐다봤다.

"쯧쯧……."

대사부는 부엌에 불을 지피고 밥을 하라고 명령
을 내렸다. 노비들이 일사불란하게 움직였다. 오랜
만에 편안하게 식사를 할 수 있었다. 식사를 하는
내내 알 수 없는 공포감이 일행들을 엄습했다. 기분
나쁘고 찝찝한…….

그날 밤 일행들은 모두들 일찍 잠자리에 들었다. 오
랜만에 제대로 된 숙소에서의 잠이었다. 그러나 늦은
저녁, 집 밖에서 이상한 소리가 계속 들려왔다.

"크르릉 크릉."

기분 나쁜 소리였다. 짐승의 소리인지 무슨 소리
인지. 일행들은 밤새 한숨도 못 자고 잠을 설쳤다.

아침 햇살이 창을 비집고 들어와 방바닥에 앉았다. 밤새 한숨 못 잔 대사부가 일어났다.

"밤새 울부짖는 소리는 도대체 무엇인고? 한숨을 못 잤구나."
"대사부님, 저희도 한숨을 못 잤습니다."
"그래, 서둘러 밥을 먹고 이 마을을 벗어나자꾸나."
"네, 사부님."

일행은 서둘러 밥을 먹고 길을 나섰다. 얼마쯤 갔을까? 언덕배기에 한 무리의 늑대들이 이빨을 드러낸 채 으르렁거리고 있었다. 모두들 겁에 질렸다. 늑대들이 일행들을 위협했다.

"크르릉 크릉."

대사부께서 이제야 알았다는 듯 읊조렸다.

"밤새 저놈들의 소리였구나."

마대섭 도령이 소리를 질렀다.

"대사부님, 저길 보세요. 늑대 무리들 중 웬 소년이 있어요."
"오, 그렇구나. 어찌된 일이지? 늑대 무리 사이에서 늑대 같이 행동하고 있구나."

개똥이가 알겠다는 듯 말했다.

"이 마을 사람들이 전부 죽고 늑대와 같이 생활한 모양입니다."

소년은 네 발로 기고 늑대같이 행동했다.

"으르렁 크릉."

대사부께서 걱정이 되었는지 대왕에게 도움을 요청했다.

"대왕이시여, 저 소년을 구해야 하지 않습니까?"

그러자 옆에서 개똥이가 말렸다.

"대사부님, 그건 아닌 것 같습니다. 저 소년은 이미 늑대가 되었습니다. 보고 배운 것이 늑대라 데려온다고 해도 불편할 것입니다. 사람은 환경이 중요합니다. 보고, 듣고, 느끼고……. 저 소년은 이미 늑대입니다. 설령 구해 낸다 한들 그것이 저 소년에게 행복일까요? 아닐 것 같습니다."

"그래, 그렇구나. 우리가 저 소년의 행복을 뺏을 순 없지."

사람들의 시선에서 늑대 무리들이 점점 멀어져 갔다. 새들의 지저귐과 흐르는 물소리가 아련해질 무렵, 일행은 점심을 먹기 위해 또 밥을 지었다. 매 끼니 음식들은 대왕이 넉넉히 준비해 와 별다른 어려움 없이 길을 갈 수 있었다. 일행이 식사를 마치고 대사부와 개똥이는 대화를 나누었다.

"대사부님, 마치 하느님이 무슨 뜻 같은 걸 저에게 자꾸 전하시는 것 같습니다."

"무슨 뜻을?"

"네."

"무슨 뜻이더냐?"

"저 늑대 소년을 보니 많은 생각이 듭니다."

"어떤?"

"인간은 태어나 아무것도 배우지 않다가 부모로부터 첫 교육이 시작됩니다."

"그렇지."

"그렇게 부모로부터 배우고, 친구로부터 배우고, 스승에게 배우고, 사람은 평생 배우며 살아갑니다. 무엇을 배우느냐가 매우 중요한 것 같습니다."

"그렇지. 그렇고 말고. 사람이 농사일을 배우면 농사꾼이 되는 것이고 글을 배우면 학자가 되는 것이지."

"맞습니다. 하느님은 그걸 이야기하고 계신 것 같아요. 올바른 교육, 지금까지 교육은 잘못됐다는……"

"구체적으로 어떤 게 잘못됐다는 것이냐?"

"아직은 확신이 없지만 곧 알 것도 같습니다."

"그래, 다 알거든 제일 먼저 나에게 말해다오. 그런 영광을 나에게 주겠느냐?"

"네, 대사부님."

"그런데 너는 하느님을 본 적이 있느냐?"

"네, 딱 한 번 봤습니다."

"어디서?"

"꿈에서요……."

"신기하구나. 쉽게 만나지 못하는 분인데……."

일행들은 상인이 알려준 대로 다시 부처님의 나라로 향했다. 힘들고 지루한 여행길이었지만 모두들 꿋꿋하게 이겨내고 있었다. 가는 길에 큰 나무 아래 두 노인이 장기를 두고 있었다. 대사부가 관심을 보였다.

"어허, 장기를 두시는구려. 실례가 안 된다면 몇 급들이신지요?"

그러자 한 노인이 대답했다.


"나는 9단이고 이분은 10단이라오."

"네? 10단이라고요? 아니, 10단은 신선의 경지에 있는 분이 아니오? 아이고, 이거 영광입니다. 10단의 장기 수를 보는군요. 잠깐 구경 좀 해도 되겠습니까?"

"그러시오."


모두들 장기 10단의 수를 감상했다. 장기 10단의 수는 그저 감탄할 따름이었다. 묘수가 속출했다. 도저히 인간의 수라고는 할 수 없는 기기묘묘한 수들이었다.


"와!"


일행들은 도무 넋을 잃고 쳐다봤다. 그런데 이상했다. 이기고 있는 장기 10단의 얼굴은 하나도 즐거워 보이질 않았다. 개똥이가 궁금해 물어봤다.

"어르신, 어르신은 이기고 있는데도 하나도 즐거워 보이질 않습니다."

"그렇느냐? 허허."

이윽고 장기 10단의 묘수로 장기가 끝났다.

"장이야!"

"아이코, 제가 졌습니다. 잘 배웠습니다."

개똥이가 궁금하여 노인에게 또 물었다.

"어르신, 이겼는데 안 기쁘세요?"

"허허, 기쁨이라. 너는 어떤 일이든 간에 최고의 위치에 오르면 어떨 것 같냐?"

"기쁘겠지요."

"그렇지 않단다. 모든 일은 최고로 가는 길의 여정이 아름다운 것이지, 최고가 되면 슬프단다."

"왜 슬픈가요?"

"실패를 모르기 때문이지."

"실패를요?"

"계속 이기기만 하면 그것은 이기는 것이 아니란
다. 괴로울 뿐이지, 지루하고……. 실패가 없는 것은
괴롭고 지루할 뿐이란다."

"아, 그렇군요. 이제 알 것 같습니다."

"허허, 그놈 참. 금방 알아 먹는구나. 하느님이 선
택한 놈이 맞구나."

"네? 하느님이요?"

"아니다. 갈 길 가려무나."


개똥이의 다리도 이제는 다 나아 걸을 수 있었다.
일행은 그렇게 또 며칠을 걸어 세상과 격리된 한 마
을에 도착했다. 산세가 험해 누구도 범접하지 못하
는 그런 마을이었다. 마을에 축제가 있는지 사람들
이 들떠 있었다. 진병오 도령이 지나가는 한 사내를
붙잡고 물어봤다.


"이보시오. 이 마을에 무슨 일이라도 있소?"

"아…… 이 마을에 한 분 계신 이홍옥 아씨가 시

집가는 날이라오."

"네? 이 마을에 여자분이 한 분 계신다고요?"

"그렇소. 이 마을엔 대대로 남자들만 태어나고 여
자들이 태어나질 않아서 귀하디귀한 여자분이라오.
절세미인이지, 암만."

"하…… 그, 신기하네요. 여자가 태어나지 않는
곳이라."

대왕이 배가 고픈지 주막을 가리켰다.

"우선 저기 가서 요기들 좀 합시다."

다들 반기는 눈치였다. 긴 여행 동안 제대로 된
밥 한번 못 먹어 봤으니 그럴 만도 했다. 주모가 곧
이어 국밥을 내왔다. 다들 입으로 들어가는지 코로
들어가는지 모르고 허겁지겁 국밥을 먹었다. 주막
안에는 술로 괴로움을 달래는 남자들로 가득했다.

"아이고, 절세미인 이홍옥 아씨만을 바라고 살아

왔는데 시집을 가다니. 아이고, 아이고."

"이 사람아, 어차피 우리 같은 놈들에게 홍옥 아씨가 눈길 한번 주겠는가?"

"아이고, 나는 이제 이대로 살다 죽어야 하나. 천하제일 절세미인 홍옥 아씨 손이라도 한번 잡아 보고 죽었으면 소원이 없으련만."

"아이고, 나도 마찬가지일세."


진병오 도령이 눈이 휘둥그레져서 박지원 도령에게 물었다.


"홍옥 아씨가 예쁘긴 예쁜가 보네요. 저리 사람들이 한탄을 하니."

"그런 것 같소. 무척 궁금해지네요. 얼마나 예쁘기에 사람들이 저러지?"

"우리 혼례식에 한번 가보지 않겠소? 무척 궁금하오."

"그럽시다. 한번 가 봅시다."

그러자 대사부가 화를 냈다.

"이놈들아, 갈 길이 먼데 구경할 시간이 어딨느냐?"

진병오 도령이 알랑방귀를 꼈다.

"대사부님, 한 번만 봐 주세요. 한 번만."
"허허, 그놈 참. 그래 한번 가보자. 나도 조금 궁금하구나."

사람들의 행렬을 따라 혼례식장을 찾은 것은 그리 어렵지 않았다. 성대하게 혼례가 치러지고 있었다. 남자들이 비통함 속에 홍옥 아씨와 혼례를 올릴 신랑은 입이 귀에 걸렸다. 헤벌레 웃고 있었다. 진병오 도령 일행은 무엇보다 신부의 얼굴이 궁금했다. 신부가 보였다. 모두들 침을 꿀떡 삼키며 신부의 얼굴을 봤다. 맨 앞에 있던 진병오 도령이 박장대소를 했다.

"푸하하하."

일행 모두들 신부를 뚫어지게 봤다. 일행 모두들 박장대소를 했다.

"푸하하하."

진병오 도령이 배꼽을 잡고 웃었다.

"하하하, 저게 절세미인이라니 지나가던 개가 웃겠다. 정말 못생겼구만, 하하하."

그랬다. 못생겨도 너무 못생긴 여자였다. 그러자 신랑 측에서 난리가 났다.

"네 이놈들, 감히 신부를 농락하다니 가만히 두지 않겠다. 애들아, 저놈들을 잡아라."

신랑 측 사람들이 몽둥이를 들고 나섰다. 족히 열

명은 넘어 보였다. 대왕이 다급히 왜소하고 가냘픈 자신의 무사를 불렀다.

"파호!"

그러자 그 무사가 앞으로 나섰다. 신랑 측 사람들이 피식 비웃었다. 그러고는 몽둥이를 휘둘렀다. 무사가 번개같이 움직였다. 칼을 뽑지도 않고 발차기와 주먹으로 순식간에 모두를 기절시켰다. 신랑 측 사람들이 화들짝 놀랐다. 누구 하나 나서질 않았다. 대왕이 점잖게 신랑 측 사람들을 다독였다.

"미안하외다. 신부에게 모욕을 준 것은 사과하겠소. 하지만 만약 우리에게 해코지를 하면 내 가만히 안 두겠소."

그렇게 일행은 마을 빠져나왔다. 대사부는 놀란 가슴을 쓸어내렸다.

"대왕이시여, 무사의 무공이 정말 뛰어납니다. 깜짝 놀랐습니다."

"하하, 우리 왕국의 최고 무사입니다. 칼을 안 빼서 그렇지 칼을 빼면 30명은 혼자서 상대합니다. 보기엔 저래도 왜 제가 한 명만 데리고 왔겠습니까? 하하."

"네, 정말 놀랐습니다. 빠르기가 번개 같더군요."

"하하하."


개똥이가 골똘히 무언가를 생각하고 있더니 대사부를 다급히 불렀다.


"대사부님, 대사부님!"

"그래, 개똥아. 왜 그러느냐?"

"저 이제 알겠어요. 하느님의 뜻을 이제 알겠어요."

"뭣이라? 하느님의 뜻을 알았다고? 오 그래, 하느님의 뜻이 무엇이더냐?"


개똥이가 흥분해서 이야기했다.

"하느님의 뜻은 선은 선이 아니고 악은 악이 아니라는 것입니다. 우리가 모두 잘못 알고 있어요."

"뭣이라? 선은 선이 아니고 악은 악은 아니다? 그…… 참 어렵구나."

"대사부님, 혼례식에서 신부를 보시고 느끼신 게 없습니까?"

"글쎄다. 잘 모르겠구나."

"그 신부는 비교 대상이 없는 오직 단 하나의 무엇이었습니다. 세상에 유일무이한 존재죠. 선도 아니고 악도 아닙니다. 그것이 보는 사람의 마음에서 선도 되고 악도 되는 것이지요."

잠시 깊은 생각에 잠겨 있던 대사부는 무릎을 탁치며 뛸 듯이 기뻐했다.

"맞다, 맞어. 선은 선이 아니고 악은 악이 아니었구나. 하하하! 개똥아 네가 천국을 찾았구나."

개똥이와 대사부께서 손을 맞잡고 덩실덩실 춤을

추었다. 다른 사람들은 어안이 벙벙해져 있었다. 박지원 도령이 질투 어린 눈으로 개똥이를 쳐다봤다.

"저런 노비 자식이 뭘 깨달았다고? 천국을 찾긴 뭘 찾아?"

대왕이 궁금하여 대사부에게 물어봤다.

"대사부님, 저는 도통 이해가 안 됩니다. 선은 선이 아니고 악은 악이 아니라니요? 그게 무슨 뜻인가요?"
"하하! 차차 알게 될 겁니다. 개똥아, 이제 정답을 맞춰 보는 일만 남았다. 부처님의 나라로 가서 답을 맞춰 보고, 예수님의 나라로 가서 답을 맞춰 보자꾸나. 내 너에게 큰절을 올리고 싶구나."

대사부께서 개똥이에게 큰절을 올렸다. 개똥이가 황송해하며 어쩔 줄을 몰라했다.

"대사부님, 이러지 마세요."

대사부는 눈물이 그렁그렁했다.

"내 살아생전에 너를 보고 죽다니 이제 여한이
없다."

다른 사람들은 도대체 무슨 이유에서 대사부가
저리 감동하는지 알지 못했다. 괜히 뿔이 난 박지원
도령이 마실이를 쥐어박았다.

"이놈아, 어서 가자. 부처님의 나라는 아직 멀었느
냐?"
"이제 거의 다 온 것 같습니다요. 바다만 건너면
된다고 들었습니다."
"앞장서라."
"예."

일행은 하루를 꼬박 걸어 바닷가에 도착했다. 대
왕은 조그만 배를 사서 모두 태웠다. 배를 몰 사람
도 필요했으므로 노련한 뱃사공도 돈을 주고 샀다.

뱃사공에게 대왕이 서둘러 가자며 재촉을 했다. 그러나 노련한 뱃사공은 걱정했다.

"대왕이시여, 바람으로 보아 날씨가 안 좋아질 것 같습니다. 미루어 나중에 항해를 하는 것이 어떠신지요?"

"한시가 급하다. 이제 코앞이 부처님의 나란데 빨리 가자. 내 돈을 더 주마. 얼른 돛을 올려라."

뱃사공은 거절할 수 없었지만 찜찜한 기분을 숨길 수는 없었다. 날은 그리 나쁘지 않았다. 물결도 평온하고 햇살이 바다에 반사되어 피부를 때렸다. 개똥이는 뱃전에 앉아 깊은 사색에 잠겨 있었다. 대사부는 흐뭇한 표정으로 개똥이를 바라보았다.

"걱정이 되느냐?"

"네, 조금."

"정답이 틀렸을까 봐?"

"네."

"내가 보기엔 정답이다. 나도 빨리 정답을 보고
싶구나."

"대사부님께서 더 긴장하시는 것 같아요."

"허허, 그렇게 보이느냐?"

"네."

"내 살아서 너를 보고 가는 것이 영광이구나."

"자꾸 그러지 마세요. 부끄럽습니다."

대사부는 개똥이의 손을 꼭 잡아 주었다.

항해 3일째, 바람이 심상치 않았다. 물결이 출렁이
고 먹구름이 잔뜩 끼었다. 뱃사공이 잔뜩 긴장을
하며 말했다.

"모두들 조심하십시오. 큰 폭풍우가 올 것 같습
니다."

모두 두려움에 사색이 되었다. 작은 배라 파도의
움직임에 민감하게 반응했다. 곧이어 비가 퍼붓기
시작하고, 사공의 목소리가 더 커졌다.

"모두들 잡을 만한 게 있으면 꽉 잡으세요."

바람과 함께 큰 파도가 치기 시작했다. 모두들 붙잡을 만한 게 있으면 꽉 붙잡았다. 그러나 이상호 도령은 뱃전을 잡을지 돛의 밑부분을 잡을지 고민했다. 그러다 큰 파도가 쳐 배가 옆으로 기우뚱 넘어가자, 그 힘을 이기지 못하고 배 옆부분으로 휙 떠밀려 바다로 빠질 뻔했다. 개똥이가 이상호 도령의 옷을 꽉 움켜잡았다. 가까스로 개똥이가 이상호 도령을 살린 그때, 박지원 도령이 뒤에서 개똥이를 바다에 빠뜨리려고 돌진해 왔다. 개똥이가 반사적으로 몸을 피하자 박지원 도령이 달려오던 힘을 어찌지 못하고 풍덩 바다에 빠져 버리고 말았다. 누군가가 소리쳤다.

"사람이 빠졌다! 사람이 빠졌다!"

그러나 그 누구도 도울 여력이 없었다. 자기 몸 하나 가눌 수 없는 급박한 상황이었다. 그때 개똥이가 물에 뜰 수 있는 나무 물통을 가지고 바다에 뛰어들었다. 떠밀려 가고 있는 박지원 도령을 겨우 붙잡았다. 그러나 배와 두 사람은 계속 멀어지고 있었고 개똥이와 박지원 도령은 물통을 의지해 겨우 물에 떠 있었다. 박지원 도령이 계속 소리쳤다.

"살려 주세요! 살려 주세요!"

그러나 그 상황에서 누구도 그들을 도울 순 없었다. 개똥이와 박지원 도령은 물살에 떠밀려 흘러갔다.

그렇게 한참을 떠밀려 갔을 때, 날이 밝고 파도는 언제 그랬냐는 듯 잠잠해졌다. 여기가 어딘지 얼마나 떠밀려 왔는지 가늠이 안 되었다. 둘은 지쳐 있었고 따가운 햇살과 정막만이 있었다. 그렇게 두 사람은 또 흘러갔다. 그렇게 흘러가다 개똥이의 눈이 스르륵 잠기려 할 때, 갈매기 울음소리에 번쩍 깼다.

"섬이다!"

개똥이가 소리를 질렀다. 박지원 도령도 따라서 소리를 질렀다.

"섬이다! 섬!"

둘은 죽을힘을 다해 섬으로 물장구를 치기 시작했다. 체력이 바닥날 때쯤 겨우 뭍으로 나올 수 있었다. 둘은 하늘을 보며 큰 대자로 누워 가쁜 숨을 몰아쉬었다.

"하."
"하악, 하악."

그렇게 한참을 있었다. 어느덧 가쁜 숨이 진정되고 개똥이가 먼저 일어나 섬을 살펴보았다. 둘레를 따라 빙 돌아보니 얼마 되지 않아 제자리로 돌아왔다. 그리 크지 않은 무인도였다. 박지원 도령은 개똥이를 쫄래쫄래 따라다녔다.

얼마 지나지 않아 밤이 찾아왔고, 개똥이는 새벽

이슬을 피할 집을 만들었다. 큰 나뭇잎으로 얼기설기 엮어 만든 작은 집이었다. 불도 피웠다. 밤이 되자 제법 추웠다. 밖에서 오들오들 떨고 있는 박지원 도령이 불쌍했는지 개똥이가 도령을 불렀다.

"도련님, 날이 춥습니다. 안으로 들어오시지요."
"에헴, 괜찮다."

시간이 흘렀다. 박지원 도령이 자꾸 기침을 했다.

"에취, 에취."
"도련님, 그만 들어오시지요."
"그, 그래. 잠시만 들어가자꾸나."

잠시 침묵이 흐른 후, 박지원 도령이 개똥이를 불렀다.

"개똥아!"
"네."

"너는 내가 밉지 않느냐?"

"밉지요."

"그런데 왜 날 구했느냐?"

"죄는 밉지만 사람은 밉지 않습니다. 사람이 죽어 가는데 살리고 봐야죠."

"허, 그놈 참. 아무튼 고맙다."

개똥이가 등을 돌리며 말했다.

"그만 주무시지요. 밤이 깊었습니다."

"그래."

아침 햇살이 눈을 쪼아대자 박지원 도령이 버티지 못하고 눈을 떴다. 눈을 뜨자마자 개똥이를 찾았다.

"개똥아! 개똥아! 어딨느냐?"

"네, 여기 있습니다."

박지원 도령의 눈이 소리를 쫓았다. 개똥이가 무

언가를 만들고 있었다.


"무얼하는 게냐?"
"통발을 만들고 있습니다."
"통발? 그게 뭔데?"
"고기를 잡는 기구죠."
"호, 그런 것도 할 줄 아느냐?"
"저희 같은 노비들이야 늘 하는 일입죠."
"그래, 잡으면 시장기는 면하겠구나?"
"잡아도 도련님은 안 드릴 겁니다. 도련님 끼니는
도련님이 구해서 드세요."


박지원 도령의 얼굴빛이 안 좋아졌다. 개똥이는
얼마 지나지 않아 꽤 많은 물고기를 잡았다. 불을
피워 고기를 구웠다. 맛있는 냄새가 진동을 했다.
옆에서 박지원 도령이 침을 꼴딱꼴딱 삼켰다. 고기
가 다 익자 개똥이가 맨손으로 허겁지겁 먹기 시작
했다. 박지원 도령이 세상에서 가장 슬픈 눈망울로
개똥이를 쳐다봤다.

"드시고 싶습니까?"

"응, 조금만 주라."

"여기 있습니다."

"고, 고마워."


박지원 도령은 걸신 들린 사람처럼 먹어 댔다. 식
사를 마치고 개똥이는 구조 신호로 연기가 많이 나
는 풀들을 태웠다.


"개똥아, 그건 왜 그러느냐?"

"혹시 우릴 찾으면 쉽게 찾도록 연기를 피우는 거죠."

"그래, 너는 못하는 게 없구나, 네가 있어 정말 든
든하구나."

"도련님."

"응."

"아무리 밉고 보기 싫은 사람도 이런 무인도에 하
루만 같이 있어 보면 서로 의지하고 사이가 좋아지
는 법입니다. 그렇게 원수 같던 제가 달리 보이죠?"

"그렇구나. 내가 그동안 너에게 너무 못되게 굴었

구나. 내 앞으로 너를 나의 형제처럼 여기마. 만약 이곳에서 빠져나갈 수만 있다면 내 너에게 큰 상을 내리마."

그렇다. 그렇게 원수 같던 개똥이도 함께 무인도에 갇히자 의지할 수 있는 사람이 돼 버렸다. 참 모를 일이었다. 그렇게 둘은 서로 의지하며 하루하루를 버텼다. 연기를 피워 놓고 하염없이 바다만 바라보던 둘의 시야에 배가 들어왔다. 박지원 도령이 괴성을 질렀다.

"배다, 배가 나타났다. 여기예요. 여기 사람이 있어요. 여기예요, 여기."

개똥이도 옷을 벗어 흔들었다. 배에서 대사부가 뛰어내렸다.

"개똥아, 개똥아, 이놈아."
"대사부님."

둘이 부둥켜안고 한참을 울었다.


"너를 영영 못 보는 줄 알았다, 이놈아."
"대사부님."
"그래, 다친 데는 없느냐?"
"네, 괜찮습니다."
"그럼 됐다. 어서 가자. 부처님께 가서 답을 맞춰
봐야 하지 않겠느냐."
"네, 대사부님."


일행은 드디어 부처님이 계시는 죽림정사에 도착
했다. 부처님께서 마중을 나와 계셨다. 영롱한 자
태, 거룩하고 평화로운 미소, 좌중을 압도하는 무엇
인가가 이분이 부처님임을 증명하고 있었다.


"어서 오너라. 내 오늘 네가 오리란 걸 알고 있었
느니라."


그러곤 개똥이의 손을 잡았다.

"자, 안으로 들어가 차 한잔하며 이야기를 나누자 꾸나."

"네, 부처님."

사람들이 다 모인 가운데 부처님과 개똥이가 마주 앉았다. 대사부는 긴장한 듯 연신 침만 삼키고 있었다. 온화한 미소의 부처님께서 먼저 말을 꺼내셨다.

"이 세상은 한마디로 무엇이냐?"

"'있다.'입니다."

"무어라? 아니다. 이 세상은 없다."

"아닙니다. 이 세상은 있습니다."

"어허, 이 세상은 없다니까?"

"있습니다."

"그럼 계속 이야기를 나눠 보자. 왜 네가 말한 것처럼 세상은 '있다.'인지. 그래, 너는 무엇을 깨달았느냐?"

"선은 선이 아니고 악은 악이 아니라는 것을 깨달

았습니다."

"오, 맞다. 그것이 바로 연기법(緣起法)이다. 이것이 있으므로 저것이 있고, 저것이 있으므로 이것이 있는 것이지. 이것이 없으면 저것이 없고, 저것이 없으면 이것이 없다."

"맞습니다. 우리가 선이라 부르는 것은 선이 아니고, 악이라 부르는 것도 실상 실체가 없는 것입니다."

"그것은 무엇을 보고 깨달았느냐? 자세히 알고 싶구나. 지켜보고 있는 다른 이들을 위해 쉽게 설명해 줄 수 있겠느냐?"

"여기로 오는 중에 어느 마을에서 유일하게 혼자 있는 여인을 본 적이 있습니다. 그 여인은 비교 대상이 없기에 예쁜 것도 예쁘지 않은 것도 아니었습니다. 남자들이 보기에 예쁠 수도 있고 예쁘지 않을 수도 있는 것이지요. 그렇다면 여기에 선과 악을 대입해 보겠습니다. 선이 도대체 무엇이고 악은 도대체 무엇인지. 원래 이 세상은 태초에 아무것도 없었습니다. 그러다 하느님의 사랑으로 무엇인가 하나가 톡 떨어집니다. 세상에 나오면서 그것은 분별을 가집니다. 다른 누군가에 의해서죠. 하나가 둘이 됐을 때 서로의 관점에 따라 분별이 생겨납니다. 셋이 되면 더 분별이 늘어나죠.

우리는 선이라고 부르는 것은 태어나서 부모로부터 교육을 받고, 친구에게 배우고, 스승에게 배웁니다. '이런 것들은 선한 것이니 행해야 하고 이런 것들은 악이니 행하면 안 된다.'라고 배웁니다. 이것이 나의 몸과 생각에 배어 그러한 습관과 주관에 의해 사물을 바라보게 됩니다. 그러나 그러한 선입견이 때로는 사물을 정확히 보지 못하게 하는 장애물이 될 수도 있습니다. 만약 내가 한 팔을 잃었을 때 다른 사람들이 나에게 '너는 이제 지옥 같은 삶을 살겠구나.'라고 하는 말에 내가 동조를 하면 지옥이지만, '아니야, 한 팔밖에 잃지 않았어. 아직 한 팔이 있으니까 행복해.'라고 생각한다면 그것이 천국인 것입니다. 다른 사람들이 전부 악이라 했을 때 나는 '아니야, 오히려 남은 한 팔의 소중함을 알았으니 선이야.'라고 생각한다면 선과 악은 실체가 없는 것입니다. 생각하기에 따라 천국과 지옥을 오갈 수 있다는 것입니다. 그래서 선은 선이 아니고 악은 악이 아닌 것입니다.

우리는 자라면서 배우는 습관과 관습에 얽매여 숨어 있는 천국을 보지 못합니다. 그것이 참으로 안타깝습니다. 여기로 오는 중에 늑대의 무리와 살고 있는 소년을 본 적이 있습니다. 그 소년에겐 선악이 없지요. 또 여기로 오는 중에 법이 없는 나라를 본 적이 있습니다. 아주 먼 옛날 말도 없던 시절, 인간에게 선과 악은 없었습니다. 그러다 말이 생겨나고 하나둘 이름이 붙여졌습니다. 선과 악이 생겨나지요. 우리 인간은 배우면서 편견이 생깁니다. 그 편견을 깰 줄 알아야 진정한 천국을 볼 수 있습니다. 힘든 노동을 하는 사람에겐 잠시 서 있는 것이 천국입니다. 그러나 누워 있는 사람에게 서 있는 것은 지옥입니다. 천국과 지옥은 내 마음 여하에 따라 생겨나는 것입니다."

"오, 참으로 명쾌하구나. 내 그럼 다시 묻겠다. 실패와 성공은 어찌 생각하느냐?"

"실패가 없으면 성공도 없습니다. 이 세상 모든 것

은 다 필요한 것입니다. 실패라는 것이 없는데 성공
이라는 단어가 있을 수 있습니까?"

"그렇지. 있을 수 없지."

"실패가 있었기에 성공이란 열매가 단 것입니다.
그래서 실패는 지옥이 아니라 천국입니다. 감사한
것입니다."

"그렇다면 이 세상 모든 것은 존재의 이유가 있는
것이로구나."

"그렇습니다. 맛없는 음식이 있어야 맛있는 음식
이 있을 수 있습니다. 맛없는 음식을 먹어 보지 않
고는 맛있다는 느낌을 모릅니다. 그리고 그 맛없는
음식도 3일을 굶은 사람에겐 맛있는 음식이 될 수
도 있는 것입니다. 단지 이름만 맛없는 음식일 뿐입
니다."

"너는 행복의 반대말이 무엇인지 아느냐?"

"그것은 불행이 아니라 불만입니다."

"오, 참으로 멋지구나. 그렇다면 너는 이 세상에
태어난 것을 어찌 보느냐?"

"축복이지요. 사람들은 태어나면 축복을 해 주지

않습니까? 생일상도 차려 주고 축복을 해 주지 않습니까? 이 세상이 지옥이라면 축복해 주지 않죠. 이 세상은 천국이라 축복을 해 주는 것입니다."

"이 세상이 천국이라…… 흠……."

"원래 정확히는 천국도 지옥도 아니지요. 그러나 내 마음 먹기에 따라 천국이 될 수 있다는 이야기입니다."

"그렇다며 너는 이 세상의 어떤 점이 좋더냐?"

"여름 한낮에 땀흘려 일하다 잠시 나무 그늘에 쉴 때, 한참 밥을 못 먹다 먹는 꿀맛 같은 밥, 내 주변에 있는 친구들, 사랑하는 어머니, 사랑하는 여인, 바람과 별과 시냇물 소리 모든 것이 좋습니다."

"그래서 너는 이 세상이 있다고 한 것이냐?"

"그렇습니다. 그래서 이 세상은 '있다.'입니다."

"그렇다면 이 세상을 살면서 어떤 마음가짐으로 살아가면 천국을 볼 수 있는 것이냐?"

"'만약에'라는 단어를 생각하면 됩니다."

"만약에?"

"네, 만약 한쪽 팔을 잃으면 '아직 한 팔이 있어 다행이야.', 두 팔을 잃으면 '아직 두 다리가 있어서 다행이야.', 두 다리마저 잃으면 '아직 세상에 살아만 있어도 좋아. 정말 다행히야.', 밥을 한 끼 굶으면 '굶었으니 다음에 밥을 먹으면 꿀맛이겠다.', 누가 내 뺨을 때리면 '다행이야, 나를 해치지 않아서.', 그렇게 '만약에'라는 단어를 생각하면 훨씬 천국에 가까운 삶을 살 것 같습니다. 그리고 가장 중요한 것 하나가 빠졌는데, 바로 욕심을 버리는 것입니다."

"그렇다. 욕심을 버리는 것은 나도 누누이 말했던 것이다."

"그렇습니다. 욕심을 버리면 작은 것에도 감사하고 기쁩니다. 다른 집은 돼지가 10마리인데 우리집은 5마리밖에 없을 때, 괴로워도 욕심을 버리면 항상 내 마음은 천국인 것입니다."

"개똥아, 네 이야기를 들으니 우리 같은 스님들은 필요가 없는 것 같구나. 깨달음을 얻어 열반에 드는 것은 잘못된 것이냐?"

"그렇지 않습니다. 저의 이러한 철학도 한낱 옷일 뿐입니다. 철학은 마음의 옷을 입는 행위라고 생각합니다. 누구 옷이 멋지고 누구 옷이 예쁘고 하는 것이 없습니다. 누구나 자유롭게 자신이 좋아하는 옷을 입으면 되는 것입니다. 부처님의 옷도 멋지십니다. 또 후대에는 어느 멋진 철학이 나와 유행할지는 아무도 모릅니다."

"아······."

부처님이 감복하시며 천천히 일어나서 개똥이에게 다가오셨다. 그리고 개똥이의 이마에 입을 맞추셨다. 그리고 일어나 좌중에 선언을 하셨다.

"내 오늘 이르노니, 이 아이는 미륵불이 틀림없노라. 선언한다. 이 아이는 미륵불이니라."

"와, 와."

성대한 만찬에 저녁을 먹고 일행들은 모두들 잠자리에 들었다. 그날 밤, 개똥이는 잠을 이룰 수 없었다. 이리 뒤척 저리 뒤척이며 설잠을 잤다. 다음 날 아침이 되자 마실이가 다급히 뛰어왔다.

"대사부님! 대사부님!"

"무슨 일인데 그러냐?"

"박지원 도련님과 진병오 도련님이 보이질 않습니다."

"그래? 얼른 주변을 찾아보거라."

노비들이 주변을 샅샅이 뒤져 봤으나 둘은 보이질 않았다. 대사부는 더 이상 시간을 지체할 수 없다며 말했다.

"더 이상 그들을 기다릴 순 없다. 갈 길이 멀다. 이제 예수님만 만나 뵈면 된다. 어서 갈 채비를 서둘러라."

"예."

일행이 떠나는 길, 부처님께서 입구까지 배웅을 나오셨다.

"미륵불이여, 내 그대를 만난 것이 참으로 행복하

구나."

　일행들이 시야에서 사라질 때까지 계속 손을 흔
드셨다. 대사부가 개똥이에게 말했다.

　"미륵불아, 미륵불아."
　"네, 대사부님."
　"이제 예수님만 만나 뵈면 된다. 우리의 천국이 천
국이 맞는지……."
　"네."
　"참으로 믿어지지가 않는구나. 네가 미륵불이라니."
　"아닙니다. 미륵불이라니요. 저는 한낱 평범한 인간
입니다. 저도 슬프면 눈물 흘리고, 괴로워하며 살 겁
니다. 다만 깊은 마음속에서 제 철학을 잊지 않으며
진정으로 슬퍼하거나 괴로워하지는 않을 겁니다."
　"그래, 그래서 네가 진정한 미륵불이지. 하하하."

　일행이 예수님이 계시는 곳으로 향할 때, 이미 주
변 왕국들에 미륵불이 나타났다고 소문이 퍼져 일

행들이 가는 길에 사람들이 꽃을 뿌려 주었다. 그야
말로 장관이었다. 아름다운 꽃길…….

한 달하고도 보름이 걸려 예수님을 만나 뵐 수
있었다. 예수님께서도 이미 아시고 마중을 나와 계
셨다.

"네가 미륵불이더냐?"

개똥이가 손사래를 치며 말했다.

"예수님 그렇지 않습니다. 저는 평범한 사람입니다."

예수님은 깊이 슬퍼하고 계셨다. 개똥이가 물었다.

"예수님, 왜 그리 슬픈 얼굴을 하고 계시는지요."
"나도 하느님을 뵈었다."
"저도 그렇습니다."
"하느님을 만나 뵙고 내가 해석한 것과 네가 해석

한 것이 많이 다르구나."

"어떤 점에서요?"

"이 세상은 천국이 아니다."

"그럼 천국이 어디에 있나요?"

"천국은 영적인 곳이다. 단순히 네가 상상하는 그런 곳은 아니란다. 우리는 죽으면 육신과 영혼이 분리된다. 하느님을 믿는 자들이 축복을 받아 그들의 영혼이 들어가는 곳이 천국이지."

"하느님을 믿지 않으면 들어갈 수 없나요?"

"그렇단다."

"그렇지 않습니다. 하느님은 믿지 않아도 계시는 분입니다."

"네 이놈, 맹랑하구나. 그건 네가 하느님께 죄를 짓는 일이다."

"예수님, 본래 죄는 없었습니다. 죄는 인간이 만들어 놓은 것입니다. 태초에 생명이 없었을 때 죄는 없었으며 인간이 그 죄라는 것을 만들어 놓았습니다."

"뭐라? 죄가 없다고? 너는 천국에는 못 들어가겠구나."

"천국은 어디에 있습니까?"

"아주 가까이 있느니라."

"아주 가까이 어디요?"


예수님이 침묵을 하셨다. 그러자 개똥이가 다시 물었다.


"천국은 어떤 곳인가요?"

"먹지 않아도 배가 부른 곳이다."

"먹지 않아도 배가 부르다고요? 먹는 즐거움이 얼마나 큰데. 아무것도 못 먹나요?"

"먹지 않아도 배가 부르다는 뜻이다. 그곳은 고민, 괴로움, 불행, 노여움이 없고 행복, 사랑, 만족만이 있는 곳이지."

"예수님, 불행이 없다면 행복이 있을 수가 없습니다. 서 있고, 앉아 있고, 누워 있는 사람들 중 누워 있는 사람의 행복이라면 서 있거나 앉아 있는 행위, 즉 불행이 있어야만 행복이 있을 수 있습니다. 둘은 떼려야 뗄 수 없는 그런 관계이지요. 그리고 계속 누워만 있으면 괴롭습니다. 어느 시점에서는 누워 있는 것보다 더 편한 자세가 있어야만 우리는 행복하죠. 그렇게 점점 더 원하게 됩니다. 그래서 누워 있는 것은 행복이 아닙니다. 이름일 뿐이죠. 모르시겠습니까? 실패가 없고서 성공이 있을 수 있습니까?"

"너의 철학은 참으로 허무맹랑하구나. 너는 악마가 틀림없다."

"예수님! 본래 천사와 악마는 없었습니다. 천사와 악마는 인간이 만든 이름일 뿐입니다."

"너는 하느님의 뜻을 잘못 해석하고 있다."

"아니요, 제가 하느님의 뜻을 가장 잘 해석하고 있습니다. 하느님은 우리에게 자유를 주셨고 이 땅이 바로 천국이며 우리는 그것을 즐겨야 합니다."

"더 이상 듣기 싫다. 가거라."

예수님께서 가라며 손으로 휘적거리셨다.

"예, 이만 물러가겠습니다. 건강하십시오."

개똥이는 예수님께 큰절을 올렸다. 그리고 길을
나섰다.

가는 길에 대사부는 개똥이의 어깨를 툭툭 두드
려 줬다.

"나는 너를 믿는다. 너의 설법은 하나도 그른 것
이 없질 않느냐. 가장 솔직하고 정확한 설법이었다."
"감사합니다. 대사부님."
"어여 가자. 왕께 천국을 네가 찾았다고 빨리 전해
드리고 싶구나."
"네, 대사부님."

일행은 서둘러 평화국으로 향했다. 개똥이는 발걸
음이 날아갈 것만 같다. 사랑하는 리나 공주님과
함께 살 수 있다니 꿈만 같았다. 일행은 거의 뛰다
시피 돌아갔다. 개똥이에게 대왕이 자신의 나라의
왕이 돼 줄 것을 부탁했으나, 개똥이는 사랑하는 사
람이 있다며 거절하고 날아갈듯 평화국으로 향했

다. 일행이 평화국에 거의 다다랐을 무렵, 저 멀리서 뛰어오는 사람이 보였다. 복희였다. 개똥이가 복희를 불렀다.

"복희 씨!"
"개똥 씨! 헉헉."

뒤이어 개똥이 눈에 리나 공주가 보였다.

"공주님!"

공주의 낯빛이 안 좋았다.

"서방님!"

공주의 얼굴이 곧 죽을 사람 같았다. 복희가 개똥이를 보며 울먹였다.

"개똥 씨, 공주님이 많이 아프셔요. 몇 번 쓰러지

셨다 겨우 일어나서서 모시고 온 거예요."

"왜 모시고 온 건데요?"

"천국을 찾아 떠났던 박지원 도령과 진병오 도령
이 돌아와서 선은 선이 아니고 악은 악이 아니라면
서 일장 연설을 늘어놓자, 왕께서 크게 감동하시어
드디어 천국을 찾았다며 박지원 도령을 왕의 자리에
앉히셨어요. 박지원 도령은 왕의 자리에 앉자마자
리나 공주님과 혼례를 올리려 하였으나 리나 공주
님께서 충격으로 쓰러져 한참 혼례를 못 올리고 있
다가 내가 몰래 모시고 온 거지요."

대사부가 격노를 했다.

"뭐이라? 제 놈이 천국을 찾았다고? 천국은 개똥
이가 찾았거늘. 네 이놈을 그냥……."

"개똥 씨 아무튼 박지원 도령이 천국을 찾아 떠
났던 일행들을 전부 죽이려고 해요. 빨리 피해야
해요."

일행들은 서둘러 대왕의 나라로 피하기로 했다. 저 멀리서 벌써 군사들과 박지원 도령이 쫓아오고 있는 게 보였다. 일행은 도망가기 시작했다. 아픈 리나 공주 때문에 자꾸 지체가 되었다. 계곡과 계곡 사이에 줄로 된 다리가 보였다. 이상호 도령이 크게 소리를 질렀다.

"개똥아. 내게 좋은 생각이 떠올랐다. 내 여태껏 어느 것 하나 내 마음대로 결정하지 못했지만 중요한 순간에 내 스스로 결정할 순간이 돌아왔구나."

"뭔데 그러세요, 이상호 도련님?"

"일단 전부 다 이 다리를 건너거라. 내게 생각이 있다."

이상호 도령을 빼고 모두 다리를 건넜다. 사람들이 다리를 다 건넌 것을 확인하고 이상호 도령이 칼을 빼 줄로 된 다리를 잘라 버렸다. 그리고는 저 계곡 건너 개똥이에게 소리쳤다.

"개똥아! 다리를 잘라 버렸으니 이제 다른 사람은 다리를 못 건널 거야. 부디 행복하게 살아라. 내 결정을 후회 않는다. 개똥아!"

그러자 개똥이가 슬픈 목소리로 답을 했다.

"도련님! 다리를 건너와서 이쪽에서 다리를 잘랐어도 되잖아요?"

이상호 도령이 그 소리를 듣고 털썩 그 자리에 주저앉아 버렸다.

"처음 내 의지대로 결정한 건데, 제길……."

개똥이 일행은 계속 도망을 갔지만 아픈 리나 공주 때문에 자꾸 지체되었다. 리나 공주는 개똥이의 등에 업혀 기어들어 가듯 신음 소리를 연신 내뱉었다.

"으으, 서방님. 저 때문에 자꾸 지체되어요. 절 놔두고 가세요."

"공주님, 절대 그럴 순 없습니다. 공주님은 제 생명입니다. 저보고 죽으라는 말씀인가요?"

"으응, 서방님 행복해요. 서방님 품에서 죽을 수 있으니……."

"왜 자꾸 죽는다 그래요? 제가 살릴 거예요."

"으응, 서방님 이제 제 수명은 다한 것 같아요."


그리고 거친 숨을 몰아쉬더니 힘없이 축 처졌다. 개똥이는 공주를 눕히고 흔들어 깨웠다.


"공주님! 공주님!"


그러나 공주는 이미 숨이 다하였다. 개똥이는 하늘을 보며 울부짖었다.


"아…… 하느님, 제발 저를 대신 데려가 주소서."

하늘에서 갑자기 굵은 빗방울이 쏟아져 내리기 시작했다. 얼마 지나지 않아 박지원 도령과 군사들이 개똥이 일행을 에워쌌다. 리나 공주를 안고 울부짖는 개똥이의 목에 박지원 도령이 검을 겨누었다.

"이놈, 너를 살려 두고서는 내가 왕으로 설 수가 없구나. 너를 처형해야겠다."

박지원 도령이 검을 높이 들었다. 그때, 청천벽력과 같은 소리가 메아리쳤다.

"멈추지 못할까?"

예수님이었다. 예수님과 제자들이 미끄러지듯 다가왔다.

"이놈! 당장 그 칼을 거두어라."

박지원 도령이 검을 예수님께 겨누었다.

"너는 뭔데 그래?"

그러곤 검을 휘둘렀다. 예수님이 손을 한 번 휙 젓자 박지원 도령과 군사의 검이 전부 무엇에 빨린 듯 숲속으로 날아가 버렸다. 박지원 도령과 군사들은 어찌할 바를 몰랐다. 예수님께서 다시 손을 들어 바닥에 내리치자 번개가 박지원 도령과 군사 앞에 내리쳤다. 쾅! 쾅! 빠직, 박지원 도령과 군사들은 무릎을 꿇고 벌벌 떨었다.

"네 이놈, 개똥이는 하느님의 아들이다. 누구 하나 개똥이를 건드리면 가만두지 않겠다. 제자들아, 저 두 놈을 밧줄로 묶어라. 내가 데리고 가서 벌을 내리겠노라."
"네, 예수님."

박지원 도령과 진병오 도령은 꽁꽁 묶였다. 예수님께서 리나 공주를 안고 있는 개똥이에게 다가와 온화한 미소를 지으셨다.

"개똥아! 왜 그리 슬피 우느냐?"

"예수님, 리나 공주님이, 리나 공주님이 돌아가셨
어요."

예수님께서 미소를 지으시더니 공주의 이마에 자
신의 손을 얹고 말씀하셨다.

"그대여, 일어나거라."

리나 공주가 큰 숨을 쉬더니 눈을 떴다.

"헉."

개똥이가 울부짖었다.

"공주님! 공주님!"

"서방님!"

"아아, 예수님 감사합니다. 정말 감사합니다."

"하느님께서 너를 살리라고 말씀하셨다."

"아아, 하느님."

"내가 군사들에게 이르노니, 여기 개똥이는 하느님의 아들이다. 너희들이 모셔야 할 왕이시니라."

군사들이 크게 외쳤다.

"네, 모시겠습니다."

예수님께서 박지원 도령과 진병오 도령을 끌고 가시며 개똥이에게 그 온화한 미소를 보여 주셨다.

그 후 개똥이는 평화국의 왕이 되어 리나 공주와 5명의 자녀를 낳고 평화롭게 살았다. 사람들은 개똥이의 철학에 의지해 삶이 온화하였으며 다툼이 없었다. 그렇게 평화국은 서로 배려하는 행복하고 욕심이 없는 왕국이 되었다.